एक टुकड़ा धूप का

AF747789

बृज मोहन शर्मा

pblishing.com
write · share · connect · publish

An Imprint of

MAPLE PRESS PRIVATE LIMITED
office: A 63, Sector 58, Noida 201 301, U.P., India
phone: +91 120 455 3581, 455 3583
email: info@maplepress.co.in
website: www.maplepress.co.in
Go to www.maplelibrary.com for more e-books

एक टुकड़ा धूप का *by* बृज मोहन शर्मा

ISBN: 978-93-88304-80-1

10 9 8 7 6 5 4 3 2 1

Cover Design @ Pavani Mehra

समर्पित

(पूज्य माता जी स्व० कृष्ण देवी)

यह कथा समर्पित है नारी शक्ति को -

जो माँ है, बेटी है, बहन है, दोस्त है, पत्नी है -

और हर रूप में समाज का संबल है।

प्रस्तावना

यह कथा समर्पित है नारी शक्ति को जो ममतामयी माँ है- केवल शरीर से जन्म देने वाली माँ ही माँ कहलाने की अधिकारी नहीं है, क्यूंकि गर्भ धारण कर शिशु को जन्म देना तो एक प्रकृति का नियम है, प्रक्रिया है। लेकिन माँ कहलाने की अधिकारी तो वही है जिसने अपने शिशु को ममता से अपनाया, पाला और पोषण किया- यह क्रिया दैवी है। किसी और के जन्म दिये शिशु को अपनाना एवं उस पर अपना सर्वस्व न्योछावर कर देना देवत्व ही तो है। इसीलिए माँ यशोदा का स्थान माँ देवकी से श्रेष्ठ है।

अध्याय - 1

जैसे रोज-रोज बाजार में खाकर जी ऊब जाता है, मन करता है कि अब घर का सादा भोजन मिले। ठीक वैसे ही पत्रकारिता में रोज-रोज की हत्या, दुर्घटना, अपहरण, बलात्कार आदि के समाचारों को लिखते-लिखते मन करता है कि जीवन के सुनहरे पहलू के बारे में भी कुछ लिखूँ।

पीड़ाजनक ही सही लेकिन यह मौका भी मिल गया। हुआ यूं, कि पैर में मोच आ जाने के कारण डॉक्टर ने दो सप्ताह के लिए बिस्तर पर लेटने का परामर्श दिया- अर्थात् इतने दिन घर पर ही रहना है। बस इस घटना को परेशानी की जगह एक सुअवसर मान कर घर में लेटा-लेटा सोच रहा हूँ कि किस विषय पर लिखूँ।

सोचता हूँ समाज में कई बदलाव हो रहे हैं- आधुनिक तकनीक ने जीवन में काफी दखल दे दिया है। सबके हाथ में मोबाइल है, सभी को पल-पल पूरे जगत की जानकारी उपलब्ध है। आध्यात्मिक से लेकर वैज्ञानिक, भौगोलिक आदि सभी तरह का ज्ञान इंटरनेट के माध्यम से सब को मिल रहा है। सूचना की बाढ़ में सच्चाई कितनी है- पता नहीं! आज के समाज में हर व्यक्ति सूचना से तो जुड़ रहा है लेकिन अपने और अपनों से दूर हो रहा है। अब किसी को किसी से मिलने की ललक नहीं है, बस मोबाइल से वीडियो या ऑडिओ कॉल कर लिया या फिर सोशल मीडिया पर संदेश देकर तसल्ली कर लेता है। मेरा फोन भी मेरे जल्द ठीक हो जाने की शुभकामनाओं से भरा हुआ है।

लेकिन मैं तो लेखन के विषय को खोज रहा हूँ- पूरी तन्मयता के लिए मैंने अपना मोबाइल भी बंद कर दिया और पलंग पर लेट गया। ऊपर घूमता पंखा किसी काल-चक्र की तरह मुझे मेरे जीवन

के 50 वर्षों की यादों को एक वृत चित्र की भांति दिखा रहा है। गत् 30 वर्षों का लेखन-पत्रकारिता में बीता जीवन एक पल में ही सपाट सड़क-सा निकल गया। कहीं कोई ऐसा मोड़ नहीं मिला जहाँ मन ठहर जाए- अत: अब यादों की यात्रा और पीछे पहुँच गई जब मैं कॉलेज में था।

सन् 1969-70 का समय था जब मैं कॉलेज में था- कलकत्ता विश्वविद्यालय साम्यवाद के लाल रंग से सुर्ख रंगा था। नक्सल पंथ आंदोलन की ज्वाला से पूरा बंगाल सुलग रहा था फिर छात्र समुदाय तो ऐसे आंदोलन में इंधन के रूप में प्रयोग किए जाते हैं- अत: कॉलेज के दिनों की यादें भी मुझे कुछ सकारात्मक लिखने को उपयुक्त नहीं लग रही थीं।

छत का पंखा घूम रहा था- और मेरा मन मेरे अतीत में और गहरे गोते लगा रहा था। मैंने करवट ली और कमरे के फर्श को देखने लगा। पलंग के पास रखा पाँव-पोश, उस पर मेरी चप्पलें, एक छोटी तिपाई, उस पर रखा पानी का जग और गिलास, और दूर कोने में मेरी स्टडी टेबल जिस पर रखी मेरी डायरी और किताबें। लेकिन स्टडी टेबल और पलंग के बीच फर्श पर खिड़की से छनकर पसरी हुई धूप पर मेरी नज़र टिक गई, या यूं कहूँ कि मन अटक गया।

वो "एक टुकड़ा धूप का" मानो मुझसे कह रहा था कि- 'कुछ याद आ रहा है?', और मैं रोमांच से भर गया। वह "एक टुकड़ा धूप का" मेरे जीवन की सबसे सुंदर और सुगंधित याद है। मेरी आँखें भावना से द्रवित हो बहने लगीं, न जाने कितनी देर मैं उस सरकते हुए धूप के टुकड़े को देखता रहा जब तक वह कमरे के दूसरे कोने में जाकर छुप ना गया। मेरी आँखों में आँसू मगर होठों पे मुस्कान छा गई।

मैंने तो लेखन का एक विषय ढूँढने के लिए यादों की परतों को पलटा था- यहाँ तो एक श्रद्धांजलि लिखने का दैवी आदेश प्राप्त हो गया। मैं उठकर बैठा- जग से उंडेल कर पानी पिया और उचक-उचक कर मोच लगे पाँव को संभाला, अपनी स्टडी टेबल पर

रखा चश्मा और कलम उठाया- कुर्सी पर बैठा, और उस दिव्यात्मा की प्रार्थना में आँखें बंद कर लीं। जब आँखें खोलीं तब तक सूर्यास्त हो चुका था- कमरे में हल्का-सा अंधेरा छाने लगा था। उठकर लाइट जलाई, कमरा रोशन तो हुआ लेकिन मैं फर्श के उस स्थान को देख रहा था जहाँ थोड़ी देर पहले धूप थी।

धूप का वो टुकड़ा मेरे मन के आँगन पर अभी भी अलौकिक आभा बिखेर रहा था। मैंने अपने लिए चाय बनाई और चुस्की लेते हुए पुरानी यादों को सहलाता रहा, मुस्कुराता रहा।

अध्याय – 2

बड़े शहरों का बचपन अनूठा होता है। मिट्टी की सोंधी खुशबू की जगह सीवर के सड़ांघ भरे हवा के भभके नाक को सुन्न कर देते हैं। नदी या पोखर की जगह बारिश का रुका हुआ पानी ही बारिश के मौसम में दिखाई देता है। खेलने को मैदान की जगह मकानों की छत या गली-कूचे ही होते हैं। पेड़ों पर चढ़ने उतरने की जगह मकानों की सीढ़ियाँ ही उतरने चढ़ने को रहती हैं- फिर भी बचपन को कोई शिकायत नहीं होती, वह तो हर हालात में अपना आनंद ढूंढ लेता है।

1965 के वर्ष भारत-पाक का युद्ध हो रहा था जिसको लेकर युवा और बुजुर्ग मोहल्ले के नुक्कड़ पर पान की दुकान पर बज रहे रेडियो के पास जमघट लगाकर समाचार सुनते थे। सुनने वाले पान-सिगरेट के साथ-साथ भारत-पाक के युद्ध कला की पूरी समीक्षा कर डालते थे। अफवाहों का भी पूरा जोर था। कलकत्ता पर कभी भी पाकिस्तान के विमान बम बरसा सकते थे, अतः घर, सड़क, दफ्तर यहाँ तक कि गाड़ियों की लाइटें भी आधी ढक दी जाती थीं। हम बच्चों को भी स्कूल में सिविल डिफेंस की ट्रेनिंग दी गई थी। विद्यालय भवन के दरवाजे-खिड़कियों पर लगे शीशों पर कागज चिपकाये गए ताकि बमबारी में शीशे चिट्के नहीं, और इस तरह पूरे शहर और शहर के लोगों ने युद्ध की तैयारी कर रखी थी।

देश में उसी समय खाद्य पदार्थ की भी कमी थी। राशन की दुकानों पर घंटों कतार में खड़े होने के बाद भी पर्याप्त अनाज नहीं मिलता था- लेकिन हम बच्चों के लिए यह संकट भी जैसे कोई खेल था। अपना-अपना थैला लेकर राशन की दुकान पर नम्बर लगा कर बैठ जाते थे। स्कूल से छुट्टी, पढ़ाई से छुट्टी और दोस्तों से गप-शप। जैसे खाद्य संकट भी हमारे लिए कोई सुखद घटना थी।

कौन कहता है की अभाव में बचपन दुःखी रहता है- बचपन की अनूठी सोच विषम से विषम परिस्थिति को भी खेल-खेल में सुगम बना देती है। दुनिया में इतना कुछ घट रहा था लेकिन हम बच्चों की दुनिया इन सब से अछूती थी।

मैं अपने माता-पिता के साथ जहाँ रहता था वो एक अंग्रेज की हवेली थी, जो अपने देश जाते समय वर्तमान मालिक को बेच गया। उस मकान में चार परिवार रहते थे। वो हवेली पूरी यूरोपियन शैली से बनी थी, जिसमें अंग्रेजी शौचालय, इटालियन टाइल्स, बड़ी-बड़ी खिड़कियाँ, लकड़ी की घुमावदार सीढ़ियाँ, इत्यादि थे। लेकिन हमको तो भारतीय ढंग से रहना आता था- किसी घर में छत का पंखा था या छोटा टेबल फैन था- पलंग, मेज कहीं किसी कमरे में नहीं थी, बस फर्श पर लिनोनियम या बांस की चटाई और उस पर रुई का गद्दा, जो बैठने और सोने के काम आता था। पूरे मकान में एक टेलीफोन था और एक रेडियो जिसका उपयोग सभी करते थे। साधन कम थे लेकिन श्रद्धा बहुत थी- जो कुछ भी था पूरे मकान का था।

मेरे पिताजी केवल मुझे ही नहीं मकान के सब बच्चों को पढ़ाते थे। पड़ोस के काका रविवार को ईडन गार्डेन जाते तब हम सब बच्चों को घुमा कर लाते। किसी के घर कोई पकवान बनता तो घर वालों का नंबर सबसे बाद में ही आता। हम बच्चे आपस में भाई-बहन की तरह रहते थे, खेलते थे।

यह संयोग ही था कि हम बच्चों में लगभग सभी हम-उम्र थे और अधिकांश भाई और बहन थे। वह दस बच्चों का समूह था इसके अलावा पास-पड़ोस के बच्चे अस्थाई रूप से शामिल होते थे, चले जाते थे। लेकिन हम दस का भाईचारा और दोस्ती बचपन से लेकर आज तक बना हुआ है।

प्रेम और भाईचारे की बात केवल खान-पान, मेल-जोल तक ही नहीं थी बल्कि आर्थिक रूप से भी सब एक दूसरे की मदद करते

थे। प्रशांत की बुआ की शादी में लड़के वालों ने ऐन वक्त पर कपड़ों और गहनों की और मांग कर दी। प्रशांत के पिता के तो हाथ-पाँव फूल गए। बेटी की शादी अब वो कैसे करें? लेकिन सबने मिलकर तसल्ली दी और यथा-योग्य धन दिया और लड़के वालों की मांग पूरी हो गई।

एक घर की बेटी पूरे मकान की बेटी थी। जिस स्थान पर इतना प्रेम हो, श्रद्धा हो- वह स्वर्ग ही तो है। मेरे लिए वह मकान कोई स्वर्ग से कम नहीं था। फिर स्वर्ग है तो वहाँ देवताओं का ही निवास होता है- आज इतने वर्षों के बाद भी जब वहाँ के एक-एक बुजुर्ग के स्वभाव एवं व्यवहार को याद करता हूँ तो देवत्व के अलावा कुछ भी नहीं दिखता।

यदि कोई बच्चा बीमार पड़ गया तो जरूरी नहीं कि उसके माता-पिता ही उसका इलाज कराने डॉक्टर के पास ले जाएंगे। मुझे याद है कि खेलते-खेलते मेरे सिर पर चोट लगी और मेरे पिता अपने कार्यालय में थे। दीनू काका तो मुझे तुरंत हॉस्पिटल ले जाकर टांके लगवा कर घर ले आए। मेरी माँ को बाद में पता चला कि मुझे चोट लगी थी, ऐसा था वह देवलोक। वहाँ देवियाँ किसी भी मायने में देवों से कम नहीं थीं- कभी किसी बच्चे को भूख लगी तो किसी भी काकी को बोलने पर भोजन मिल जाता था।

एक की माँ सबकी माँ थी। क्या सतयुग यही था? इससे सुंदर नहीं होगा। बचपन के दिनों को याद कर मन रोमांच से भर गया। पुरानी यादें ताजा हो गईं और मैंने कलम रखकर कुर्सी पर पीठ टिका दी। थोड़ी देर आँख बंद कर स्मृति पटल पर आए यादों के चित्र मन से निहारता रहा। फिर उठ कर गिलास में पानी भर दो घूंट पीया और उन चित्रें को लिपिबद्ध करने हेतु कलम खोल लिया।

अध्याय – 3

उस मकान में और उसमें रहने वालों की जिंदगी में से एक जिंदगी बिल्कुल निराली थी, वह थी मकान के मुख्य द्वार के सामने एक कमरे में रहने वाली बूढ़ी दादी। उसका असली नाम हमें पता नहीं था- बस मकान में सब उनको 'दादी-दादी' ही बोलते थे। वो थी भी बहुत वृद्ध, हमने कभी-कभार ही उनको कमरे से बाहर देखा था। एक सफेद साड़ी, बस यही था उनके तन पर- जैसा कि कुलीन जमींदार घराने में विधवा के वस्त्र होते हैं। कमरे का दरवाजा या तो बंद रहता था या फिर जब ज्यादा गर्मी होती थी तब एक पर्दा पड़ा होता था- कभी-कभी किसी भजन के गुनगुनाने की आवाज आती थी।

एक काम वाली थी जो रोज सुबह दादी के लिए स्नान का पानी गरम करती थी, झाड़ू बुहारती थी, दादी के कपड़े धो देती थी। वह बड़ी गुस्सैल थी- कोई बच्चा यदि किसी तरह का शोर करता था तब वह मना करती थी, इस कारण से हम सभी समझते थे की दादी भी गुस्सैल हैं! और उन्हें हम बच्चों का खेलना, शोर मचाना अच्छा नहीं लगता। हम सभी उनसे डरते थे और मुख्य द्वार से आते-जाते चुपचाप निकल जाते थे। हम में से किसी ने भी ना तो दादी से कभी बात की, ना ही कभी ध्यान से देखा कि वह कैसी दिखती हैं।

एक दिन मैंने हिम्मत कर के माँ से दादी के बारे में पूछ ही लिया कि वो कौन हैं- वह अकेली क्यूँ रहती हैं, उसका कोई सगा-संबंधी नहीं हैं क्या? इत्यादि। माँ ने मुझे बड़ी गहराई से देखा, मानो मेरे पूछने का कारण जानना चाहती थी, और कुछ न कहा। फिर मेरी हिम्मत नहीं हुई कि दादी के बारे में मैं कुछ और प्रश्न करूँ। मैंने जब यह बात अपने साथियों को बताई तब सबने कहा कि उनके माता-पिता ने भी पूछने पर कुछ नहीं बताया। बस एक सुराग मिला कि मेरे माँ

पिताजी को दादी के बारे में पता है क्यूंकि मकान में वह मेरी माँ और पिताजी से बात करती थीं। उसका कारण था मेरे पिताजी का बैंक में काम करना। दादी के गहने, कागज इत्यादि उनके बैंक के लॉकर में रखे थे।

हम बच्चों के मन में दादी के बारे में जानने की उत्सुकता थी, लेकिन हमारा सहज हृदय तो सीधे-सादे तरीके ही जानता था जानकारी प्राप्त करने के लिए। फिर एक दिन संयोग हो गया- हुआ यूं कि मेरे स्कूल की जल्दी छुट्टी हो गई और जब मैं अपने घर आया तो देखा दादी हमारे कमरे में बैठी मेरी माँ से बातें कर रही थीं, कोई अच्छी बात थी जो दोनों हँस रही थीं। मुझे देखा तो दोनों चुप हो गईं। माँ को लगा कि मेरा स्वास्थ्य ठीक नहीं होगा, अतः स्कूल से जल्दी छुट्टी लेकर घर आया हूँ। वह मुझसे कुशलता पूछने लगी और मैं तो कुछ बोलने की जगह दादी को एक टक देख रहा था।

दादी से यह मेरा पहला साक्षात्कार था। गोरा रंग, कृषकाय शरीर, झुर्रियों से भरा चेहरा, मुंह में एक भी दाँत नहीं और वही सफेद साड़ी पहने थीं। उनको देखकर डर नहीं लगा बल्कि उनका व्यक्तित्व रौबदार लग रहा था। निश्चित रूप से दादी अपने जवानी में अच्छी कद-काठी की सुंदर जमींदार घराने की बहू रही होंगी। माँ मुझसे जल्दी लौटने का कारण पूछ रही थी लेकिन मैं दादी को उठकर कमरे से बाहर जाते देख रहा था। बगल से गुजरते समय पल भर को हमारी नजरें मिलीं- उनकी आँखों में जीवन का रूखापन तो था- लेकिन प्रेम, ममता की नमी साफ दिखाई दी।

दादी से पहला साक्षात्कार एवं उनके रौब का असर अभी भी महसूस कर रहा था। दादी के कमरे से जाने के पश्चात माँ के सवालों पर ध्यान गया तब उन्हें बताया कि मैं कुशलपूर्वक हूँ और स्कूल की जल्दी छुट्टी हो गई इसलिए घर जल्दी आ गया। माँ तो माँ ही होती है- बस खाने के बर्तन खोले और परोसकर कहा- 'ले बेटा कुछ खा ले।'

मैं अचानक वर्तमान में आ गया, पाया कि माँ तो नहीं है लेकिन भूख लग रही है- मैं लेखन में इतना व्यस्त था कि टिफिन वाला कब मेरा खाना तिपाई पर रखकर चला गया पता नहीं चला। खाना ठंडा हो चुका था सो मैंने गरम किया और खाते-खाते लगा जैसे माँ अभी भी मेरा ख़्याल रख रही हो।

अध्याय - 4

सुबह बारिश के शोर से आँख खुल गई- उठकर खिड़की की ओर देखा, बाहर मूसलाधार बारिश हो रही थी। मुझे उन दिनों की बारिश के दिन याद आ गए। एक बार इतनी बारिश हुई कि पानी सड़क में भर गया। हम बच्चों की स्कूल से छुट्टी ही थी और हम उस बारिश का आनंद उठाने की योजना बना ही रहे थे, कि देखा धीरे-धीरे मकान में पानी भरने लग गया और दादी के कमरे में भी भरने लगा। इसलिए हम बेचैन होकर दादी के कमरे में भरते हुए पानी को देखने लगे। थोड़ी देर में दादी बाहर आई और मदद के लिए हमारी ओर देखने लगीं।

हम कुछ कर पाते उससे पहले तो घर के बड़े भी आ गए और सब कमरे का सामान बचाने को भागे। हम सबने मिलकर कमरे में प्रवेश किया- हम बच्चों के लिए यह पहला मौका था दादी के घर को अंदर से देखने का। मकान के निचले तल पर दादी का ही निवास था। एक कमरे में उनकी नौकरानी रहती थी और एक कमरा जिस पर अधिकांश समय ताला रहता था वहाँ मकान मालिक के मैनेजर कुंडू बाबू आकर किराये और मकान की मरम्मत का हिसाब रखते थे। शेष भाग दादी के ही रहने के लिए था।

दरवाजे से अंदर जाते ही हमने देखा कि एक बड़े कमरे में बड़ा महंगा फर्निचर है। शानदार बड़ा-सा पलंग, आरामदेह सोफा और कुर्सी तथा दीवार से लगी बड़ी सी अलमारी और एक तरफ बड़ा-सा आईना और श्रृंगार करने की मेज। छत पर कीमती झूमर था- कमरे के साथ लगी रसोई और गुसलखाना था। कोने में दो सन्दूक भी रखे हुए थे।

दीवारों पर खूंटी से लटके दादी के पहनने के कपड़े और उन संदूकों के ऊपर लकड़ी का छोटा सा मंदिर जिसमें काली माँ और

कृष्ण-राधा की मूर्तियाँ थीं। बारिश का पानी बड़ी तेजी से बढ़ रहा था इसलिए सबसे पहले संदूकों को उठाकर बाहर लाये और पहली मंजिल पर हमारे कमरे में रखा। पलंग पर बिछे बिस्तर, तकिया, रजाई को भी ऊपर ले गए- शेष वहीं कमरे में ऊँचे स्थान पर रख दिया। लगभग आधे घंटे में ही दादी की सारी व्यवस्था जो अस्त-व्यस्त हो गई थी वह हमारे कमरे में व्यवस्थित कर दी गई।

मकान में पानी भरने का समाचार कुंडू बाबू तक भी पहुँच गया- वो भागे-भागे आए और अपने कमरे को खोलकर ऑफिस के कागजों को संभालने लगे। उन्हें पहले दादी की कुशलता की चिंता हुई, कुंडू बाबू की बातों से आज पता चला कि दादी ही इस मकान की मालकिन हैं और पैसों का सारा हिसाब किताब उनके मैनेजर कुंडू बाबू रखते हैं। चलो! आखिरकार दादी के बारे में कुछ तो पता चला। किरायदारों को किराये का बिल देना, उनसे हर महीने किराये का और बिजली के बिल का हिस्सा लेना- यह सब कुंडू बाबू ही करते थे, और मकान में कोई मरम्मत का काम हो तो हम उनको ही कहते थे।

हम बच्चों के लिए तो यह बड़ा कौतुहल का विषय था। जिस इंसान को हम कभी-कभार ही देख पाते थे- वो दादी आज हमारे बीच बैठी थीं। हम सब उनको बड़े ध्यान से निहार रहे थे कि माँ ने उनको चाय बनाकर दी- बड़ी ना-नुकुर के बाद दादी ने चाय पी। अब दादी को संदूकों में पड़े समान की सलामती की चिंता हुई। बारिश रुक चुकी थी, पानी का बढ़ना बंद हो गया और वह धीरे-धीरे उतर रहा था। बच्चों को अब मकान से पानी उलीचने का काम सौंप दिया गया। माँ ने दादी से इशारों में इज़ाजत लेकर सन्दूक खोले तो जैसे कई बरसों का इतिहास परत दर परत खुल गया।

एक छोटी-सी साड़ी और शादी का जोड़ा देखकर माँ ने दादी से पूछा- यह बच्चों की शादी का जोड़ा किसका है? तब दादी ने माँ की नजरों में नजरें डालकर भावपूर्ण मुद्रा में बोला- 'यह मेरी शादी का जोड़ा है!' वह वाकई में किसी सात-आठ वर्ष की बच्ची के

पहनने लायक कपड़े थे, इसका मतलब दादी की शादी उसी उम्र में हो गई थी! यह बात वाकई में एक खबर थी जो सबको रोमांचित कर रही थी।

फिर उस सन्दूक से निकली एक तस्वीर जिसका रंग काफी धुंधला था लेकिन अंदाजा लग सकता था कि एक बड़े से भवन के लॉन में कुछ लोग पूरे राजसी लिबास में थे। बच्चे घास पर बैठे थे, महिलाएं गहनों से लदी कुर्सी पर बैठी थीं और भद्र पुरुष राजसी ठाठ के अचकन और साफे बांधे पीछे खड़े थे। पूछने पर दादी ने बताया कि यह उनका शाही परिवार था जो एक धनाड्य जमींदार घराना था।

दोनों संदूकों में ज़्यादातर कीमती कपड़े थे जो लंबे अरसे से तह कर के रखे हुए थे। कुछ चित्र थे जो काफी धुंधले हो गए थे, एक चित्र में एक समान उम्र के एक लड़की और एक लड़का दिखाई दे रहे थे- दादी उस चित्र को देख निहारती रहीं। जब माँ ने पूछा कि यह किनका चित्र है तब वह मुस्कुरा कर बोलीं- 'यह मेरा और मेरे बेटे का चित्र है।' यह खुलासा भी काफी सनसनीखेज़ था।

इस बीच मकान से पानी निकल चुका था और हम बच्चे दादी के कमरे को साफ करने में लग गए। माँ अपनी रसोई में दादी के लिए भी खाना बनाने लगी। दादी के बारे में और जान लेने की उत्सुकता हम सभी में थी इसलिए सभी दादी की आवभगत में लगे हुए थे। दादी का कमरा नीचे था और वहाँ धूप नहीं आती थी, जबकि हमारा कमरा पहली मंजिल पर था और बरामदे से होकर धूप हमारे कमरे में आती थी। दादी को यह छनकर आई हुई धूप बड़ी प्यारी लगी और वह एक आसन उठाकर उस धूप में बैठ गईं।

जैसा कि दादी की कद-काठी थी, उनको बैठने में मुश्किल से एक-डेढ़ फुट जितनी ही जगह चाहिए थी। धूप में बैठी दादी का चेहरा चमक रहा था और मैं वह दृश्य देखकर सोच रहा था की यह रोशनी धूप की है या दादी के चमकते चेहरे की। और यूं शुरू हुआ

सिलसिला दादी का हमारे कमरे में बरामदे से आता 'एक टुकड़ा धूप' से मिलने का।

बारिश रुक चुकी थी, बादल छंट चुके थे और सुबह की नरम-नरम धूप खिड़की से छनकर मेरे कमरे में आ रही थी। यूं धूप से मेरा भी मानो एक रिश्ता-सा जुड़ गया और मन ही मन मैं मुस्कुरा उठा फिर उठकर चाय बनाई और बिस्किट डुबो-डुबोकर खाने लगा।

अध्याय – 5

दादी का अपने कमरे से निकल कर रोज हमारे कमरे में आना और धूप में आसन बिछाकर बैठना हमारे लिए सूरज का बादलों से निकलने जैसा था। जो दादी हम बच्चों के लिए पहेली थीं अब सहेली बनती दिख रही थीं। हम सब अब दादी के करीब आने की कोशिश करते, उनसे बातें करने का बहाना ढूंढते, एक दूसरे की बातें बताकर दादी से उनकी राय जानने की कोशिश करते। धीरे-धीरे दादी का एक दरबार-सा लगने लग गया जिसमें हम बच्चे अपनी कला का प्रदर्शन करने को आतुर रहते।

एक बार दादी अपने नियत समय पर हमारे कमरे में नहीं आई, तब मेरी माँ ने नौकरानी वृंदा से पूछा कि क्या बात है? "दीदी की तबीयत खराब है!"- वृंदा ने बताया। वो दादी को दीदी बुलाती थी। मेरी माँ तुरंत दादी के कमरे में गई- देखा दादी पलंग पर सो रही थी- तेज बुखार था। हमने अपने फैमिली डॉक्टर को बुलाया, जिसने कुछ टेस्ट बताए और दवा लिखकर दी। इतने में कुंडू बाबू भी आ गए। शाम तक बुखार कुछ कम हुआ लेकिन रात को काफी तेज हो गया। वृंदा ने माँ को बताया तो मेरी माँ- कमला काकी, सुलोचना काकी और सभी औरतें दादी की तीमारदारी करती रहीं, सिर पर बर्फ की पट्टी रखती रहीं। अगले दिन दादी का बुखार उतरा और तबीयत ठीक हुई तब दादी ने सभी को धन्यवाद दिया। तो माँ ने कहा- "घर के बड़े की सेवा ही तो छोटों का कर्तव्य होता है।"

किसी को स्कूल के काम में अच्छे अंक मिले तो पहले दादी को दिखाता- दादी बिल्कुल निरक्षर थी- कुछ लिखना पढ़ना नहीं जानती थी लेकिन जिंदगी का अनुभव हमारी स्कूली पढ़ाई से कहीं बढ़-चढ़ कर था। उनकी समझदारी की बातें हम बच्चों को बड़ी अच्छी लगतीं।

हमारी सबसे सामान्य समस्या थी पढ़ाई और परीक्षा का बोझ जिसे ढोने में हमें थकान और ऊब होती थी- जब दादी को हमने यह समस्या बताई तो उन्होंने हमें बड़े प्यार से समझाया।

एक बच्चे का वजन तीस किलो है और दूसरे का पैंतीस किलो और दोनों ही बच्चे बिना किसी परेशानी के खेल-कूद रहे हैं, अब यदि तीस किलो वाले बच्चे को एक किलो का वजन बांध दे तब वह इकतीस किलो का हो जाएगा लेकिन पैंतीस किलो वाले बच्चे जितना खेल-कूद नहीं पाएगा- कारण है एक किलो का वजन जो उसके शरीर पर बांध दिया गया है। दादी ने समझाया कि क्यूंकि पैंतीस किलो वाले का सारा वजन उसका अपना है, जबकि इकतीस किलो वाले का तीस किलो अपना है और एक किलो पराया- यह पराया भार ही बोझ लगता है। अतः जब तक हम पढ़ाई-परीक्षा को पराया बोझ समझेंगे वह हमें खुशी नहीं देंगे, बल्कि परेशान करेंगे। इसलिए पढ़ाई-परीक्षा को अपना समझो पराया नहीं तब देखना वह कितनी सरल लगेगी और खेल-कूद की तरह अच्छी भी। हम बच्चों को यह बात बड़ी ही अच्छी तरह से समझ में आ गयी और अब हमारा पढ़ाई में धीरे-धीरे मन लगने लग गया। दादी अब हमारी हर समस्या का समाधान केंद्र बन गई।

हमारी दूसरी समस्या थी आपस में लड़ना, कोई वस्तु होती तो उसे एक दूसरे से छीनते। खाने-पीने के मामले में यह ज्यादा होता था। दादी ने एक बार हमारा मन-पसंद नाश्ता मंगवाया लेकिन हमारे हाथों में एक छड़ी बँधवा दी ताकि हम अपनी कोहनी नहीं मोड़ पाएँ। जब हम कोशिश करने पर भी सामने रखी वस्तु खा नहीं पाए, तब दादी ने कहा कि- 'अब तुम एक दूसरे को खिलाओ।' फिर क्या था, हम सब एक दूसरे को उसकी मनपसंद चीज खिला रहे थे।

दादी ने समझाया कि अपनी-अपनी सोचोगे तो क्लेश होगा, दूसरे की सोचोगे तो सुख मिलेगा। और ऐसी ही अच्छी बातें मजे-मजे में दादी हमें समझाती थी, सिखाती थी। दादी का ज्ञान हमारे विवेक,

संस्कार और व्यवहार को पुष्ट कर रहा था। हमारे माता-पिता भी हम लोगों के व्यवहार में हो रहे बदलाव को देखकर काफी प्रसन्न थे और दादी के प्रति हम सबका श्रद्धा-भाव बढ़ता जा रहा था।

लेकिन हमारे माता-पिता दादी के इतिहास के बारे में जानने को उत्सुक थे। वह सात-आठ साल की बच्ची के दुल्हन का जोड़ा और बारह-तेरह साल की बच्ची का अपने ही उम्र के लड़के को अपना बेटा कहना, उनके लिए प्रश्नवाचक चिन्ह थे। इन बातों का उत्तर केवल दादी ही बता सकती थीं- लेकिन कब इस विषय पर बात हो पाएगी? इसका सबको इंतजार था।

आखिर एक दिन जब माँ ने दादी को धूप सेंकते हुए प्रसन्न मुद्रा में देखा तब हिम्मत करके पूछ ही लिया कि दादी अपनी शादी और परिवार के बारे में कुछ बताइये। दादी ने प्रश्न सुनकर माँ की ओर देखा और मुस्कुराई- कहा कोई परियों की कहानी तो है नहीं जिसे जानकर खुश होओगे, फिर कभी बता दूँगी। और यूं दादी ने बात को टाल दिया।

अध्याय – 6

दादी सिर्फ हम बच्चों में ही प्रिय नहीं थीं, मकान की औरतें- चाहे सास हों या बहू, उन सबमें भी प्रिय थीं। उनका सरल एवं सच्चा व्यवहार सबको प्रभावित कर देता था। किसी को भी सामने या पीठ पीछे वो बुरा नहीं बोलती थीं। जो भी उनके पास अपनी समस्या लेकर आता उसे वह अपनी समस्या समझकर उचित सलाह देती थीं।

कमला देवी के अपनी कोई औलाद नहीं थी तब उन्होंने अपनी देवरानी के लड़के को गोद लिया- अब बात-बात पर देवरानी उसे ताना मारती थी कि 'उनका लड़का आखिर जना तो उसने है!' लड़के सुबोध पर भी इस बात से तनाव रहता था। दादी ने कमला और उसकी देवरानी को समझाया कि इस बात का गहरा असर सुबोध के दिमाग पर पड़ेगा इसलिए ममता के बीच अहं को मत आने दो। सत्य तो सत्य है- कल बड़ा होकर सुबोध भी जान जाएगा कि उसे पैदा किसने किया है और पाला किसने है। समझाने पर उन दोनों में तनाव कम हो गया।

इसी तरह सुलोचना की बेटी सुमित्रा अपने ससुराल में लड़कर पीहर आकर बैठ गई। सुलोचना और उसके पति को यह व्यथा अंदर ही अंदर खाये जा रही थी। दादी ने सुमित्रा से बात की, पूछने पर पता चला कि छोटी-छोटी बातें जो हर गृहस्थी में होती हैं उन पर विवाद था और उस आग में घी डालने का काम सुलोचना का अपनी बेटी की गृहस्थी में दखल देने ने किया। दादी ने सुलोचना को उसकी गलती के लिए समझाया और फिर कुछ दिनों में स्थिति सामान्य हुई और सुमित्रा अपने ससुराल खुशी-खुशी चली गई- अब वह अपनी गृहस्थी में मजे से है। इसी तरह दादी ने सबको अपने प्रेम एवं ममता द्वारा सुख एवं शांति से रहने की सलाह दी और एक दिव्य वातावरण बना दिया।

अब सवाल उठता है कि यह सब अभी तक क्यूँ नहीं हुआ? दादी अभी तक क्यूँ अपने कमरे में ही बंद रहती थीं? और अब वह कैसे हम सबमें घुल-मिल गईं? यही प्रश्न मुझे दादी के अतीत को जानने के लिए उत्सुक कर रहे थे। चूंकि मैं अब दादी से ज्यादा ही घुल-मिल गया था, अतः मैंने यह जानने की कोशिश की।

मेरा दादी के कमरे में जाने का कारण था हम दोनों की चित्र बनाने में दिलचस्पी। दादी के पास ढेरों कागजों में पेंसिल से बनाए चित्र थे जो वो बहुत सहेज कर रखती थी। मुझे भी स्केच बनाने का शौक था- इसलिए हम दोनों इस काम के लिए रोज बैठते थे। मैं उनसे पुराने चित्रों के बारे में पूछता रहता था। उनकी बताई बातों को मैं जोड़-जोड़ कर दादी के इतिहास को जानने की कोशिश करता था। दादी जब हमारे कमरे में धूप में बैठती थीं तब उनके चेहरे की चमक मुझे बहुत प्रभावित करती थी। मैं उस दृश्य को यादगार बनाना चाहता था सो कागज-पेंसिल लेकर दादी का धूप में बैठे हुए एक चित्र बनाने लगा। कुछ दिनों में जब चित्र तैयार हो गया, तब एक दिन मैंने वह चित्र उनको भेंट किया। चित्र को देखकर दादी एक छोटी बच्ची की तरह खुश हो गई- उनके चेहरे पर आई मुस्कान आज भी मुझे याद है। खुश होकर उन्होंने मुझे गले लगाया और ढेर सारा आशीर्वाद दिया।

दादी कई बार मुझे कहती थीं कि तू भी नंदू की तरह ज़िद करता है, नंदू भी इतना सुंदर चित्र बनाता था। यूं बातों-बातों में कई बार नंदू का जिक्र होता था, मैं कहता था- 'दादी यह नंदू कौन है? आप उसे बड़ा याद करते हो।' दादी मेरी बात का उत्तर नहीं देती थी, बस मन ही मन नंदू की याद में आँखें गीली कर लेती थीं।

मैंने सोचा कि दादी की पहेली के उत्तर इन चित्रों में ही हैं- इसलिए मैं उन्हें संजोकर रखने लग गया। एक चित्र था जिसमें नदी के किनारे घर था, बागीचा था, एक बच्ची झूला झूल रही थी और एक स्त्री पुरुष का जोड़ा बेंच पर बैठा था। मैंने दादी से पूछा तो उन्होंने बताया कि यह बच्ची वह खुद हैं, और बेंच पर उनके माता-पिता बैठे

हैं- उनका घर नदी के किनारे था। बस ऐसे ही मुझे इन स्केच के जरिए दादी के जीवन की घटनाओं की जानकारी मिलने लगी। दादी को भी मुझमें एक हमराज मिल गया। दादी के जीवन की घटनाओं पर मैं भी अपनी शैली में तस्वीरें बनाने लगा जो दादी को पसंद आए। साथ ही उनमें वह कई बारीक चीजें भी बताने लगीं जो मेरी जानकारी को और बढ़ा रही थी।

आज पचास वर्ष बाद मुझे मेरी डायरी याद आई जिसमें मैं दादी से सुनी बातों को नोट करता था- बस मन उस डायरी को ढूँढने को मचल उठा। मेरे स्कूल-कॉलेज के सर्टिफिकेट्स जिस ब्रीफकेस में रखे थे उसमें मेरी कविताओं की डायरी के साथ ही वह डायरी भी थी। डायरी के पन्ने पलटते ही दादी का जीवन सामने घूमने लगा। दादी के साथ बिताए पल, उनकी बातें और चित्रों का ब्यौरा जो मैंने अपनी डायरी में लिखा- साथ में लेखक के रूप में मेरी कल्पनाशीलता, सब कुछ मिलाकर एक जीवनी का वृत चित्र-सा मेरे दिमाग में बना रहा था जो मैं पन्नों पर लिखने लगा।

अध्याय – 7

यह बात बीसवीं सदी के शुरुआत की बंगाल प्रदेश की है। राधाग्राम के सूर्यकांत सेन एक प्रतिष्ठित जमींदार थे उनकी पत्नी का नाम मन्दाकनी देवी था। सेन साहब एवं मन्दाकनी देवी दोनों ही दयालु एवं धार्मिक थे। उनके व्यवहार से उनके कर्मचारी एवं किसान मजदूर सभी प्रसन्न रहते थे। उनके इलाके में कोई भी दान धर्म पुण्य का काम हो या किसी को आपदा में सहायता चाहिए तो सेन साहब के घर से हमेशा पैसे और खान-पान-वस्त्र की सहायता मिलती थी। अपने समाज में भी सेन साहब की अच्छी इज़्जत थी। उनके घर में दुर्गा पूजा और काली पूजा के उत्सव में सभी गाँव वाले भी शामिल होते थे। हवेली में अंग्रेज ऑफिसर भी सेन साहब से मिलने आते थे।

सेन परिवार में बस एक ही कमी थी, कि उनके कोई संतान नहीं थी। इतनी भव्य हवेली की मोटी दीवारें एक छोटे बच्चे की किलकारी को तरसती थीं। मंदाकनी देवी ने माँ काली से सालों मन्नत मांगी की संतान होने पर मंदिर में माँ काली को सोने का मुकुट चढ़ाएंगी। एक दिन आखिरकार उनकी प्रार्थना माँ ने सुन ली और उनकी गोद भर गई। उन्होंने चाँद-सी सुंदर पुत्री को जनम दिया। गुलाबी रंग, कोमल त्वचा, मधुर हँसी- मानो सेन साहब की हवेली में उषा की ओस से भीगे कमल खिले हैं। घर के पुरोहित ने मृणालिनी नाम सुझाया जो सबको अच्छा लगा।

बच्ची की कुण्डली बनाकर पुरोहित जी ने बताया कि यूं तो बच्ची की उम्र लंबी है, लेकिन संसार के सुख ज्यादा नहीं मिलेंगे- यह सुनकर सेन दंपत्ति मायूस हो गए। तब पुरोहित जी ने ढाढस बँधाया, 'लेकिन बच्ची को प्रेम, आदर-सम्मान और यश बहुत मिलेगा।' पुरोहित जी की बातें नवजात शिशु के जन्म की खुशी में घुल-मिल

गई, सबने इस पल को सौभाग्यशाली मानकर माँ काली की पूजा अर्चना की- मूर्ति पर सोने का मुकुट भेंट चढ़ाया। ब्राह्मणों को भोजन कराया, दान दिया। गाँव के निवासियों को भी भोजन कराया, गरीबों को धन और वस्त्र दान में दिये।

सेन परिवार बच्ची के आगमन से प्रफुल्लित था, हवेली में रौनक छाई रहती थी। बच्ची को नित्य नए उपहार, खिलौने और वस्त्र मिलते थे। देखते-देखते बच्ची ने घुटनों के बल चलना छोड़कर खड़ा होना सीख लिया, मुंह में दाँत निकलने लगे, तोतली जुबान से माँ और बाबा बोलना सीख गई। उसमें कला के गुण विशेष थे तथा घर में जब भी कला-संगीत का कार्यक्रम होता तो वह उसे बड़े ही ध्यान से सुनती थी। अपनी माँ के साथ अक्सर बैठकर उनके बाल संवारना तथा अन्य सौन्दर्य प्रसाधन से बहुत ही खुश होती थी। तरह-तरह के रंगीन कपड़े पहनने का उसे बड़ा शौक था।

खुशी के पल तो पंख लगाकर उड़ते हैं- मृणालिनी अब आठ वर्ष की हो गई- पूरी हवेली में हिरणी की तरह दौड़ती-कूदती फिरती थी। उसे कागज पेंसिल लेकर फूल-पत्ती बनाना, चिड़ियों के चित्र बनाना बहुत अच्छा लगता था, लेकिन अब आम के पेड़ पर चढ़कर आम तोड़ना, रस्सी कूदना, झूला झूलना उसे ज्यादा अच्छा लगता था।

पिता सूर्यसेन को अब कन्या के विवाह की चिंता हो गई- धर्म पत्नी से इस बारे में सलाह की, वो भी भारी मन से अपनी लाडली की शादी-विदाई को तैयार हो गईं। ईश्वर की कृपा से मृणालिनी के विवाह के लिए एक बहुत ही उपयुक्त वर एवं रिश्तेदारी के लिए सेन दंपत्ति को एक जमींदार घराना मिल गया। करीब बीस मील की दूरी पर ही केष्टोपुर के श्री विश्वजीत राय चौधरी की जमींदारी थी- बहुत ही प्रसिद्ध एवं कुलीन घराना था, उनके बड़े पुत्र बिरेन के लिए उन्हें भी उपयुक्त वधु की तलाश थी। अतः ग्यारह वर्ष के बिरेन का विवाह आठ वर्ष की मृणालिनी से होना तय हुआ। पुरोहितों ने अच्छा मुहूर्त देखकर विवाह का दिन निश्चित किया। नामी स्वर्णकार

को गहने गढ़ने बुलाया। रेशम और मलमल के कपड़े सिलने दिये। साड़ियों का अंबार लग गया।

सेन साहब की हवेली भी दुल्हन की तरह सजा दी गई- बड़े शहर कलकत्ता से कारीगर बुलाये गए जिन्होनें सजावट के पंडाल, रोशनी एवं आतिशबाजी आदि का प्रबंध किया। इलाके के सुप्रसिद्ध हलवाईयों को बुला लिया गया अपने-अपने विशेष व्यंजन-मिष्ठान बनाने के लिये। बड़ी थियेटर कंपनी के कलाकारों को भी बुलाया मेहमानों का गीत-संगीत, नाटक और नृत्य द्वारा मनोरंजन करने के लिए।

उधर रायचौधरी बाबू भी विवाह की शाही तैयारी में लग गए। बंगाल के नामी-गिरामी व्यक्तियों को बारात में चलने का न्योता भिजवाया गया। बारात के लिए घोड़ा-गाड़ी, बैलगाड़ी और पालकी सजाई गई। दूल्हे को हाथी पर बैठाया। बारात के आगे अंग्रेजी बैंड जो कलकत्ता से बुलवाया था वो बज रहा था और बैलगाड़ी में शहनाई वादक नगाड़ों के साथ बंगाल की धुन बजा रहे थे।

बारात के पूरे रास्ते बारातियों की सुख-सुविधाओं के लिए आराम की व्यवस्था थी। किसी के हुक्के की आँच ठंडी पड़ जाए तो उसके हुक्के को आँच देने के लिए एक व्यक्ति तत्पर था, पनवाड़ी भी अलग-अलग तरह के पान जैसे सादा, मीठा और जाफरनी पेश करता था। प्यास लगने पर शरबत और ठंडाई का प्रबंध था।

बारात आखिरकार सेन साहब की हवेली पहुँची- द्वार पर सेन साहब ने स्वयं आगे बढ़कर बारात की अगवानी की। रायचौधरी साहब के गले लगे और बाराती के ठहरने का उत्तम प्रबंध किया। बाराती भी कोई हजामत करवा रहा था तो कोई सिर में मालिश। कोई अपने कपड़े धुलवा रहा था तो कोई जूतों पर पॉलिश करवा रहा था।

नाश्ता तो कमाल का था- गरमा-गरम नमकीन, कचौड़ी, सिंघाड़ा और कई तरह की मिठाइयाँ। फिर विवाह का समय हुआ। पुरोहितों द्वारा वेद मंत्रोच्चारण से चि॰ बिरेन और सौ॰ मृणालिनी का शुभ विवाह हो गया। अपने विवाह का किस्सा दादी ने हमारे कमरे में मेरी माँ और

दूसरी औरतों को सुनाया। उस शुभ अवसर की कुछ फोटुएँ आज भी दादी ने संभालकर रखी हुई थीं- सो मुझे दिखाईं। फोटुएँ पीली और धुंधली हो गई थीं। बाराती और रायचौधरी परिवार बड़े सज-धजकर उन फोटुओं में थे। बिरेन बाबू बड़े सुंदर युवक थे ऐसा उन फोटुओं से प्रतीत होता था। दादी भी दुल्हन बनी परी-सी लग रही थीं- अपने माता-पिता के साथ में थीं, चेहरे पर गज़ब की मासूमियत थी। सेन बाबू और मंदाकनी देवी भी बड़े सुंदर और रौबदार दिख रहे थे।

सेन साहब के आतिथ्य सत्कार एवं दहेज में दिये स्वर्ण, वस्त्र आदि से रायचौधरी साहब पूर्णतया संतुष्ट और प्रसन्न थे। जब विदाई की बेला आई तो मंगल ध्वनि के साथ सौ॰ मृणालिनी की डोली कहारों ने अपने कंधों पर उठाकर सेन साहब की हवेली से प्रस्थान किया। सेन साहब और मंदाकनी देवी की आँखों से प्रेम और बिछुड़ने के भाव की अविरल धारा बह रही थी।

लेकिन मृणालिनी का बाल-सुलभ मन अपने विवाह की तमाम गतिविधियों को भी एक खेल समझ रहा था। दुल्हन बनकर सजना और विवाह के रीति-रिवाज से उसे कौतूहल हो रहा था। विदाई के समय भी वह यह नहीं सोच पा रही थी कि अब वह अपने ही घर से विदा होकर एक पराये घर-परिवार को अपना बनाने जा रही है। लेकिन पालकी जब राधाग्राम से भी बाहर निकल आई और साथ में माँ-बाबा की जगह अनजान लोगों को साथ पाया तो वह भय से रोने लगी। मंदाकनी देवी ने अपनी विश्वस्त नौकरानी वृंदा को मृणालिनी की देखभाल के लिए साथ में भेज दिया था। वृंदा ने मृणालिनी को बचपन से पाला था इसलिए वही अब मृणालिनी के अपनेपन का आधार थीं।

शाम तक बारात रायचौधरी साहब की हवेली तक आ गई। नव-वधू के स्वागत में मानो पूरी हवेली की महिलाएं अपना प्रेम उंडेल रही थीं। फूलों की बरसात हो रही थी। मंगल ध्वनि बजाकर औरतें स्वागत कर रही थीं। पुरुष सभी एक दूसरे को शुभकामनाएँ

दे रहे थे- चि॰ बिरेन का स्वागत कर रहे थे। रायचौधरी साहब की धर्मपत्नी श्रीमती आनंदी देवी ने फिर आगे बढ़कर पालकी से अपनी नव-वधू मृणालिनी को बड़े सम्मान सहित उतारा।

दूल्हा-दुल्हन को साथ खड़ा कर आरती की, नजर उतारी, बलैयां ली और हवेली में प्रवेश कराया। उस शुभ अवसर को यादगार बनाने के लिए रायचौधरी बाबू ने भी फोटोग्राफर बुला रखा था। पूरे परिवार की फोटुएँ उतारी गईं। जब उन धुंधली फोटुओं को दादी ने अपनी अलमारी से निकाल कर दिखाया तो मुझे पता चला कि शादी कितने धूम-धाम से हुई थी। सबने बेशकीमती वस्त्र पहने हुए थे और महिलाएं तो आभूषणों से दबी पड़ी थी- फोटो में दादी भी छोटी-सी जापानी गुड़िया जैसी वधू का मुकुट लगाकर बिरेन बाबू के साथ बैठी थीं। दादी ने एक फोटो में नरेन बाबू को भी दिखाया।

अध्याय – 9

मृणालिनी तो आस-पास अनजान चेहरों को देखकर भयभीत थी और यंत्रवत् जैसा कोई कहता था वैसा कर लेती थी- बस साथ में खड़ी वृंदा का हाथ पकड़ कर तसल्ली कर लेती थी, वृंदा भी उसे सहला देती थी। मृणालिनी धीरे से घूँघट से मुंह उठाकर अपने आस-पास लोगों के चेहरे देखने की कोशिश करती। उसका पति, उसका जीवन-साथी बिरेन उससे कोई दो-तीन वर्ष ही उम्र में बड़ा था- सुंदर, गोरा रंग, अच्छी कद-काठी और चेहरे पर भोली-सी मुस्कान। बिरेन भी चोरी-चोरी अपनी बालिका वधू को देख लेता था। घर की औरतें विवाह की रस्में अपने विधि-विधान से कर रही थी और इन बच्चों से करवा रही थी। दूल्हा-दुल्हन के आस-पास घर के बच्चों का भी हुजूम था। कोई बिरेन से ठठोली कर रहा था तो कोई मृणालिनी से हंसी-मज़ाक करता था। उन सबका नेता था बिरेन का छोटा भाई नरेन, जो बड़ा चंचल था।

जब विवाह की रस्में पूरी हो गईं तब जाकर मृणालिनी को थोड़ा आराम मिला। एक उसी की उम्र का लड़का आकर उससे हँसकर बात करने लगा, बोला- 'मैं नरेन हूँ, शरबत लाया हूँ! पी लो भाभी माँ! प्यास लगी होगी।' मृणालिनी को वाकई प्यास लगी थी, नरेन का हसमुख चेहरा और ठंडे शरबत ने बालिका मृणालिनी को बड़ा सुकून दिया। उसका एक अनजान भय दूर हो गया और नरेन के रूप में उसे एक दोस्त मिल गया और नरेन को मिल गई भाभी माँ। थोड़ी ही देर में वो घुल-मिल गए। नरेन अपने बड़े भाई बिरेन की काफी तारीफें कर रहा था, कहा कि- 'दादा को किताबें पढ़ने का बहुत शौक है- थोड़ा गंभीर रहते हैं। खेलने का शौक कम है- खाली समय चित्र बनाते हैं।'

नरेन को खेलने का शौक था। मृणालिनी ने सोचा कि अपने घर में वह अकेली ही थी, यहाँ तो उसे दो दोस्त मिल गए- बिरेन के साथ चित्र बनाऊंगी और नरेन के साथ खेलूँगी। यह सोचकर मृणालिनी को अच्छा लगा, अपना घर छोड़ने का दुःख थोड़ा कम हुआ।

वृंदा भी अपनी मालकिन के आदेशानुसार मृणालिनी का पूरा ध्यान रखती थी। आठ वर्ष की बच्ची को क्या पहनना, कैसे पहनना, क्या खाना, कब खाना, कैसे बोलना, क्या बोलना है इत्यादि, सब कुछ तो अब बदल गया। सेन साहब के घर में तो मृणालिनी अपने माँ-बाबा के घर में थी- आजाद पंछी थी। लेकिन यहाँ रायचौधरी साहब का घर तो उसका ससुराल है- हर बात में मर्यादा का ख़्याल रखना है। लेकिन मृणालिनी बहुत ही संस्कारी और समझदार थी, वृंदा की शिक्षा को बहुत जल्द ही ग्रहण कर लेती थी।

मृणालिनी की सास आनंदी देवी भी बहुत ममतामई औरत थी। अभी तक उनके दो पुत्र थे, अब मृणालिनी के रूप में उनके घर में एक पुत्री भी आ गई- चाहे वो पुत्र-वधू ही थी। आनंदी देवी बड़े ही लाड़-चाव से मृणालिनी का ख्याल रखती थी। मृणालिनी का कमरा उन्होंने अपने हाथों से सजाया- वृंदा को खासतौर पर बुलाकर पूछा कि मृणालिनी की खाने-पीने, पहनने आदि की पसंद क्या है? उन सभी चीजों का बंदोबस्त किया गया।

इस बार दुर्गा पूजा पर जब सेन बाबू के विशेष अनुरोध पर रायचौधरी साहब सपरिवार उनके घर गए तो अपनी बेटी को खुश देखकर सेन बाबू और मंदाकनी देवी धन्य हो गए। फिर एक बार काली पूजा पर रायचौधरी बाबू ने सेन बाबू को अपने घर बुलाया तो मृणालिनी की दिनचर्या, उसके कमरे और रख-रखाव को देखकर सेन दम्पत्ति मुग्ध हो गए। खुशी से रोकर अपने समधी को गले लगाया और मृणालिनी का इतना ध्यान रखने के लिए कोटी-कोटी धन्यवाद दिया।

इस तरह मृणालिनी का वैवाहिक जीवन खुशियों से भरा था। बाबुल का घर और ससुराल, दोनों ही घर- परिवार में प्रेम और शांति का वातावरण था। मृणालिनी की बिरेन और नरेन दोनों भाइयों से खूब जमती थी। बिरेन गंभीर प्रकृति का था और पढ़ाई करके डॉक्टर बनना चाहता था, नरेन अपने खेल-कूद में मस्त था और चंचल और विनोदी स्वभाव का था।

बच्चों की शिक्षा के लिए रायचौधरी बाबू ने घर पर ही साहित्य, गणित और संगीत के अध्यापकों का इंतजाम किया। नरेन को तो पढ़ाई के नाम से ही बुखार चढ़ जाता था, और मृणालिनी को केवल संगीत अच्छा लगता था। लेकिन बिरेन को साहित्य और गणित दोनों ही में आनंद आता था। संगीत के शिक्षक मृणालिनी के गायन से बहुत प्रभावित थे, उसके गाए भजनों को सुनकर रायचौधरी दंपत्ति भी झूम उठते थे, लेकिन लिखने-पढ़ने के मामले में वो भी नरेन जैसी थी। हालांकि नरेन को जबरदस्ती थोड़ी बहुत गणित और वर्णमाला का ज्ञान कराया गया ताकि वह जमींदारी का हिसाब-किताब समझ सके।

हर वर्ष बसंत पंचमी के अवसर पर रायचौधरी बाबू गीत-संगीत एवं नाटकों का आयोजन करवाते थे। इस बार भी रायचौधरी बाबू ने गाँव में नाटक मंडली बुलाई थी, जिसने 'लैला-मजनू' नाम का एक नाटक खेला। उस नाटक में कलाकारों ने जो संवाद बोले और प्रेम-भावों का जो प्रदर्शन किया वह इन बच्चों के लिए बिल्कुल एक नवीन अनुभव था। बिरेन क्योंकि उन तीनों में सबसे बड़ा था और किशोरावस्था प्राप्त कर रहा था, इसलिए उसके प्रेम का अनुभव कुछ विशेष ही था। बिरेन ने पहली दफा मृणालिनी की ओर अर्थपूर्ण दृष्टि से देखा उसके हाथ पर अपना हाथ रखा, मृणालिनी ने एक अंजाने भय के कारण झट से अपना हाथ खेंच लिया। मृणालिनी का अबोध मन अभी प्रेम की भाषा नहीं जानता था- उसका प्रेम तो बाल-सुलभ था, उसको जैसे पहली बार भौतिक प्रेम का एक झोंका छूकर निकल

गया। नाटक तो खत्म हुआ, लेकिन उन दोनों के भीतर उठ रहा तूफान एक नया और सुंदर नाटक रचने को तत्पर था।

इस घटना के पश्चात जब भी किसी बहाने से बिरेन ने मृणालिनी के नज़दीक जाने की कोशिश की, मृणालिनी किसी बहाने से उससे बच निकलती थी या फिर नरेन को आवाज देकर बुला लेती और खेलने में लग जाती थी। हालांकी बिरेन का इस तरह छेड़ना मृणालिनी को अंदर ही अंदर आनंद देता था। एक बार तो बिरेन ने तंग आकर झटके से मृणालिनी का हाथ पकड़कर खेंच लिया और कहा- 'चित्र नहीं बनाओगी?' मृणालिनी के बदन में तो इस दूसरे झोंके के कारण एक लहर-सी दौड़ उठी। क्योंकि अब वो कोई अंजाना भय नहीं रहा, उसे अब धीमे-धीमे भौतिक प्रेम की परिभाषा समझ आने लगी थी।

पहले बिरेन बगीचे में बैठकर अक्सर- पेड़, फूल, पत्तियाँ, चिड़ियों, आकाश के चित्र बनाता था, लेकिन अब मृणालिनी को अपने सामने बैठाकर विभिन्न रूप एवं मुद्रा में उसके चित्र बनाता, फिर मृणालिनी चित्र की तारीफ करती और बिरेन मृणालिनी की। मृणालिनी कई बार तो तंग आकर भाग जाती थी लेकिन फिर भी बिरेन तस्वीर पूरी कर देता था वो भी बड़ी सुंदर तरीके से। चित्र तो मृणालिनी भी बनाती थी, लेकिन बिरेन के चित्र बहुत सुंदर होते थे। मृणालिनी कहती कि मुझे भी सुंदर चित्र बनाना सिखाओ तब बिरेन भावपूर्ण होकर उसकी आँखों में आँख डालकर बोलता- "प्रेम से बनाओ तो चित्र सुंदर बनेगा।" चित्र तो बस बहाने थे असल में वे दोनों एक दूसरे के करीब आ रहे थे।

बिरेन जब भी पढ़ने बैठता था- मृणालिनी उसे तंग करने आ जाती थी। वह चाहती थी कि बिरेन सारे समय उससे बातें करे। एक दिन बिरेन जब पढ़ रहा था तो उसने देखा कि मृणालिनी नहीं आई तब उसे उत्सुकता हुई कि वह क्यूँ नहीं आई? सो उसे ढूँढने के लिए हवेली के कमरों में देखा- वह कहीं नहीं थी। आखिरकार वह एकांत में बगीचे में बैठी मिली। दबे पाँव बिरेन ने जाकर पीछे से उसकी

आँखें बंद कर पूछा- यहाँ क्या कर रही हो? बिरेन के अकस्मात् आने और आँखें बंद करने से मृणालिनी डर कर बिरेन से लिपट गई। बिरेन ने देखा कि मृणालिनी की आँखें गीली थी- वह बैठी रो रही थी।

"पगली क्या हुआ, रो क्यूँ रही थी?" बिरेन के यूं पूछने पर मृणालिनी ने कहा कि- "सोच रही हूँ कि कल नाटक में दिखाया था कि लैला-मजनू आपस में मिलते नहीं हैं- बिछुड़ जाते हैं और बहुत दुःख पाते हैं। समाज भी उनको बहुत तंग करता है, जबकि उन्होंने किसी का कुछ नहीं बिगाड़ा था।" बिरेन ने कहा- "पहली बात तो वह एक कहानी है, उसे दिल पर मत लो। दूसरी बात यह है कि प्रेम को सिर्फ प्रेम करने वाले ही समझ सकते हैं, समाज नहीं! समाज तो अपने अहंकार के कारण किसी को भी खुश देखकर दुःखी हो जाता है। तीसरी बात यह है, कि मिलना और बिछुड़ना तो एक चक्र समान है- जैसे हम आज मिल रहे हैं, कल बिछुड़ जाएँगे...", "बस-बस! ऐसा मत बोलो"- कहकर मृणालिनी ने बिरेन के मुंह पर हाथ रखकर उसे चुप कर दिया। बिछुड़ने की आशंका भी मृणालिनी को बुरी तरह झंकझोर देती थी।

उधर नरेन को तो पेड़ पर चढ़कर आम तोड़ना, तालाब में तैरना, मछली पकड़ना, खेतों में दौड़ना, मेंढक पकड़ना इत्यादि काम से फुरसत नहीं मिलती थी। शाम को घर लौटता, मिट्टी से सने हाथ-पाँव और कपड़े होते थे। माँ की डांट से बचने के लिए भाभी माँ से पानी मंगाकर हाथ मुंह धो लेता और नए कपड़े बदल लेता था। बदले में तोड़े हुए आम को दोनों बैठकर खा लेते। बिरेन तो इनकी शैतानी को देखते हुए भी अनदेखा कर देता। इन तीनों बच्चों का जीवन बड़े आनंद से बीत रहा था। बचपन की दोस्ती का सात्विक प्रेम इन बच्चों के जीवन को पावन-पवित्र कर रहा था। मृणालिनी के विवाह को चार वर्ष कब कैसे बीत गए पता ही नहीं चला। सेन परिवार और रायचौधरी परिवार अपने बच्चों की खुशी देखकर मन ही मन भगवान को धन्यवाद देते थे कि यह कई जन्मों का पुण्य प्रताप है।

दादी अब मकान की महिलाओं से काफी घुल-मिल गई थीं। साथ में बैठकर भजन-कीर्तन करना अब रोज की दिनचर्या हो गई। दादी के कृष्ण-भक्ति के भजनों से मकान में एक पावन वातावरण बन जाता था। मेरी माँ से दादी ज्यादा घुल-मिल गई थीं सो अपनी आपस की बातें वो दोनों बिना रोक-टोक के करती थी। कमरे में पढ़ने के लिए बैठा मैं उनकी बातों को ध्यान से सुनता था। एक दिन माँ ने दादी से बिरेन बाबू की बात छेड़ दी- दादी की आँखें भर आईं, फिर उन्होंने उस समय का वाकया बताया।

अध्याय - 10

बिरेन के मैट्रिक की पढ़ाई के लिए कलकत्ता के किसी अच्छे अंग्रेजी स्कूल में दाखिला करवाया और फिर वहाँ से डॉक्टरी की पढ़ाई के लिए इंग्लैण्ड जाने का प्रोग्राम बन गया। साथ ही नरेन के विवाह की भी बातें चलने लगीं। रायचौधरी परिवार में अब बिरेन की यात्रा और उससे पहले नरेन की शादी की बातें होने लगी। रिश्तेदारों से नरेन के लिए उपयुक्त कन्या के सुझाव आने लगे तब नरेन ने साफ-साफ कहा कि जो मेरी भाभी माँ कहेंगी- वह मान लेगा।

इधर मृणालिनी जो अब तरुणाई में प्रवेश कर रही थी- उसे बिरेन की भाव-पूर्ण आँखें प्रभावित करने लगी। बचपन के खेल की बातों से हटकर प्रेम की भाषा के मायने समझने का मन करने लगा। चित्रों में भी अब फूल-पत्तियों के रंग बदल गए। पहले जो यूं ही बिरेन के साथ बैठकर समय बिताती थी अब साथ बैठने के समय को ढूँढने का दिल करता था। बिरेन का साथ में बैठकर बातें करना- आँखों में आँखें डालकर देखना उसे अन्तर्मन तक झकझोर देता था। एक बार जब बिरेन ने अपनी पढ़ाई के लिए कलकत्ता और इंग्लैण्ड जाने की बात छेड़ी तब मृणालिनी ने पूछा कितने दिनों के लिए पढ़ाई के लिए बाहर जाओगे। मृणालिनी ने यह बात रुआँसी होकर पूछा- बिरेन की भी मन की दशा ऐसी ही थी लेकिन उसे अपनी और मृणालिनी दोनों को लंबे विरह के लिए तैयार करना था। इसलिए वह समझाता हुआ बोला कि बस थोड़ा ही समय लगेगा। पहले कलकत्ता में पढ़ाई होगी फिर इंग्लैण्ड जाकर डॉक्टर की डिग्री मिल जाएगी।

लेकिन मृणालिनी को बिरेन से दूर नहीं रहना था- विरह की कल्पना भी उसे रुला देती थी, रोते-रोते पूछा कि तुम्हारे बिना मैं समय कैसे गुजारूंगी तब बिरेन ने प्यार भरी हंसी चेहरे पर लाकर

उत्तर दिया कि मेरी याद में चित्र बनाना जैसे मैंने तुम्हारे चित्र बनाए हैं। और चार-पाँच चित्र निकालकर दिखाये, उन चित्रों में मृणालिनी के सुंदर चेहरे को विभिन्न रूप थे- किसी में वेणी, किसी में खुले बाल, किसी में गजरा इत्यादि। मृणालिनी उन चित्रों को देखकर बिरेन की कला पर मुग्ध हो गई- अपनी ही सुंदरता पर लाज आने लगी। यूं उन दोनों के बीच का संबंध बचपन की दहलीज पार कर यौवन अवस्था में आने लगा।

बिरेन ने मृणालिनी को खुश करने के लिए उसे अपने डॉक्टर बनने के बाद के जीवन की कल्पना बताई। कहा- "देखो मैं जब डॉक्टर बन जाऊंगा तब समाज में अपना रुतबा होगा। सब तुम्हें डॉक्टर की पत्नी के रूप में जानेंगे।" यूं दोनों अबोध मन जो अब तरुणाई की दहलीज पर प्रेम की नई परिभाषा जानने की कोशिश कर रहे थे, मिलन से पहले ही लंबे अंतराल के विरह की पीड़ा सहने को तैयार हो रहे थे।

लेकिन नियति को तो कुछ और ही मंजूर था- बिरेन को मामूली-सा ज़्वर हुआ- फिर धीरे-धीरे तबीयत बिगड़ने लगी। पहले तो वैद्य कविराज का इलाज किया लेकिन दो दिनों में कुछ आराम ना होने पर शहर से डॉक्टर बुलाया गया। दो दिन डॉक्टर को आने में लग गए- इधर बिरेन की तबीयत तेजी से बिगड़ने लगी। रायचौधरी परिवार चिंताग्रस्त था- मृणालिनी तो बिरेन के पलंग के पास ही बैठी रहती थी। नरेन भी अपने भैया की बिगड़ती हालात देख सब कुछ भूलकर दवाइयों को समय पर देने का ध्यान रख रहा था।

डॉक्टर साहब ने आकर बिरेन की पूरी जांच की और जिस चीज का डर था वही अनहोनी बात कह दी- बिरेन को जानलेवा बीमारी हो गई है- शुरू में सर्दी जुकाम था लेकिन फिर मलेरिया हो गया। डॉक्टर साहब ने नई दवाइयाँ कलकत्ता से मँगवाई, रायचौधरी साहब ने अपने आदमियों को दवाई तुरंत लाने को कलकत्ता भेजा लेकिन जैसे-जैसे समय गुजर रहा था, बिरेन का जीवन संकट में घिरता जा

रहा था। सेन बाबू और रायचौधरी बाबू दोनों के परिवार वालों का कलेजा बैठता जा रहा था। महामृत्युंजय के जाप, माता की मन्नतें, झाड़-फूँक- जो भी कोई सुझाता था, परिवार वाले बेसुध होकर वही काम करने लगते थे।

बिरेन के चेहरे की कान्ति जैसे-जैसे मद्धिम होती जा रही थी- परिवार वालों की उम्मीद की नैया उतनी डगमगाती जा रही थी। घर वाले बिरेन के बारे में तो चिंतित थे साथ ही मृणालिनी के भविष्य की सोचकर भी दु:खी हो जाते थे। कलकत्ते से दवाइयाँ आ गईं, लोगों में नई उम्मीद जग गई। डॉक्टर ने वो दवाइयाँ बिरेन को खिलाईं- ज़्वर अभी भी बहुत तेज था लेकिन धीरे-धीरे दवाइयों का असर जब हुआ तब ज़्वर ज़रा कम हुआ। सबके दिल में खुशी की लहर उठ गई। मृणालिनी और आनंदी देवी ने भी वृंदा के बहुत जोर देने पर थोड़ा-बहुत भोजन किया। बिरेन के चेहरे पर भी हल्की-सी हंसी देखकर घर वालों की आँखों में आँसू आ गए।

रात भर साएँ-साएँ की आवाज के साथ सर्द हवाएँ चलती रहीं, बिरेन का हाथ कसकर थामे बैठी मृणालिनी के संजोए हुये सारे सपने उसकी नींद से भरी आँखों से टप-टप कर टपक रहे थे। ये देख बिरेन ने छोटी-सी मुस्कान के साथ मंद स्वर में कहा- 'चित्र नहीं बनाओगी?' मृणालिनी की आँखों में जो अब तक आँसूओं की लहरें उफन रही थीं वो अब सैलाब बन गईं, वो फूट-फूट कर रोने लगी। ये देख आनंदी देवी ने उसके आँसू पोंछे और गले लिपट लिया, हालांकि उनकी आँखें भी कम नम नहीं थीं। रोते-रोते मृणालिनी को नींद आ गई।

कब रात बीती कब सुबह हुई पता नहीं चला। मृणालिनी ने आँखें खोलीं तो देखा कि पूरे घर में कोहराम मचा हुआ था। परिवार वालों की उम्मीद की नैया अब डूब चुकी थी, बिरेन ने आखिरी सांस लेकर अपनी आँखें सदा के लिए बंद कर ली थीं। रायचौधरी बाबू और आनंदी देवी पर वज्रपात हो गया। मृणालिनी की तो बारह वर्ष की उम्र

में बसने से पहले ही दुनिया उजड़ गई। नरेन का अल्लहड़पन और चंचलता गायब हो गई। सेन बाबू और मंदाकनी देवी का भी संसार उजड़ गया, चाँद-सी, गुड़िया-सी बेटी को वैधव्य के ग्रहण से ग्रसित हुए वो कैसे देख पाएंगे, कैसे सह पाएंगे। मृणालिनी के जीवन की वाटिका बिरेन की चिता की तरह धू-धू कर जल रही थी।

किष्टोपुर के रायचौधरी बाबू की हवेली रात के अंधेरे में दुर्भाग्य की चादर ओढ़े पसरी हुई थी। अब यहाँ कोई रोशनी नहीं, कोई आवाज नहीं- बस इस तमस भरे निःशब्द वातावरण में है तो मृणालिनी की दबी-दबी सिसकी, आनंदी देवी की सूनी कोख में बेबस ममता, रायचौधरी बाबू के पुत्र विछोह के टूटे कंधे और नरेन का मित्रवत् भाई से बिछुड़ा बचपन। अब किसी को कुछ कहना नहीं है- बस बोलते हैं, किसी को भूख नहीं लगती- बस खा लेते हैं, किसी को नींद नहीं आती- बस लेट जाते हैं, और किसी को जीने की चाह नहीं- बस सांस लेते हैं।

लेकिन वक्त बहुत बलवान है- जैसे अच्छे समय को पल भर में दुःखदाई बना देता है, वैसे ही बड़े से बड़े दुःख को भी समय का मरहम सहने लायक बना देता है। बिरेन की दुःखद मृत्यु की पीड़ा अब घर वालों ने नियति मानकर सहन कर ली। जीवन भी समय की तरह कभी ठहरता नहीं। रायचौधरी बाबू और आनंदी देवी को अपने बड़े पुत्र बिरेन को खोने का दुःख तो था ही लेकिन अब मृणालिनी का शून्य सपाट चेहरा और नरेन का यूं गुमसुम हो जाना भी हृदय में तीर की तरह चुभते थे। इस अभागी बदनसीबी की गहरी खाई से बाहर कैसे निकलें- यही सवाल रायचौधरी बाबू के दिमाग में कौंधता रहता था।

इधर सेन बाबू भी अपनी इकलौती संतान मृणालिनी की वीरान जिंदगी के भविष्य की चिंता में व्याकुल रहते थे। जब भी समय मिलता सेन बाबू अपनी बेटी से मिलने किष्टोपुर आ जाते थे। बेटी से तो मिलते ही थे, रायचौधरी बाबू से भी मिलकर दोनों अपना दिल का

बोझ हल्का करते थे। दोनों की पीड़ा एक तरह की ही थी- अपने बच्चों का बिखरा भविष्य संवारना।

बिरेन बाबू की दु:खद मृत्यु के बाद दादी का जीवन फिर से बसाने के लिए प्रयास नहीं हुआ क्या? यह प्रश्न मेरी माँ के मन में था सो एक दिन जब दोनों औरतें भजन गा रही थीं कि- प्रभु तो भक्त की बिगड़ी बात फिर से संवार देते हैं- तब दादी से पूछ ही लिया कि क्या उनके पुनर्विवाह का प्रयास नहीं हुआ? तब दादी ने बताया कि क्यूँ नहीं- बहुत प्रयास हुआ, और कहा कि...

अध्याय - 11

बिरेन को गुजरे अब एक वर्ष बीत चुका था। एक दिन जब सेन बाबू और रायचौधरी बाबू साथ में बैठकर चाय पी रहे थे तब रायचौधरी बाबू ने अर्थपूर्ण निगाहों से सेन बाबू को देखते हुए कहा- "महाशय! क्या आप भी वही सोच रहे हैं जो मैं सोच रहा हूँ?" सेन बाबू ने इस प्रश्न पर सकपका कर उत्तर दिया कि- "क्या आप बच्चों के भविष्य के बारे में बात कर रहे हैं?" रायचौधरी बाबू ने हामी भरी और अपना गला साफ करते हुए कहा कि- "सेन बाबू! मैं अपने घर में दोनों बच्चों- मृणालिनी और नरेन को इस कोमल आयु में भी बुझा-बुझा देखता हूँ तो मन में बड़ी पीड़ा होती है।" सेन बाबू भी इस बात से पूर्णतह सहमत थे लेकिन इस समस्या का उत्तर क्या हो वह रायचौधरी बाबू से जानना चाहते थे। क्यूंकि मन ही मन दोनों की दशा में एक समाधान नजर आ रहा था कि नरेन और मृणालिनी का विवाह करा दिया जाये- आखिरकार दोनों ही अभी तेरह-चौदह वर्ष के ही थे- एक दूसरे को अच्छी तरह से जानते थे- साथ ही दोनों परिवार के संबंध भी बहुत मधुर थे। लेकिन इसमें सबसे बड़ी अड़चन थी समाज की।

समाज में बाल-विवाह तो सामान्य एवं प्रचलित था, लेकिन विधवा-विवाह तो बिल्कुल ही निषेध था- बल्कि विधवा को तो मृत पति के साथ सती होना शुभ मानते थे। दोनों महाशयों ने मन बना लिया कि वो यह विवाह करके अपने घर को पुनर्जीवित करेंगे, आखिरकार यह उनके घर के बच्चों के भविष्य का प्रश्न है। समाज को मनायेंगे- अब तो नई शताब्दी में शिक्षा की रोशनी में- देश में, समाज में, कई सामाजिक बदलाव हो रहे हैं। दोनों ने पहले अपनी धर्मपत्नियों से सलाह की- वो आदर्श पत्नी और ममतामयी नारियाँ

प्रसन्न हो गईं। फिर समाज के प्रतिष्ठित गणमान्य व्यक्तियों और रिश्तेदारों को इस विषय में बात करने को किष्टोपुर बुलाया।

सभी निमंत्रित व्यक्ति बड़ी गंभीरता से इस निर्णायक सभा में सम्मिलित होने निर्दिष्ट दिन पधार गए। समाज के सबसे प्रतिष्ठित मल्लिक महाशय ने सभा की अध्यक्षता की जिम्मेदारी ली। पुनर्विवाह के विषय पर काफी चर्चा हुई। किसी ने समाजिक मर्यादा और सनातन परिपाटी की दुहाई दी तो कइयों ने मौजूदा हालात को नज़र में रखते हुये नए जमाने में हो रहे सामाजिक चेतना और बदलाव की बात कही। सनातन परिपाटी को निभाने के पक्षधर इस बात पर जोर दे रहे थे कि हिन्दू धर्म में विवाह जन्म-जन्म का बंधन है सो इस रिश्ते को इसी जन्म में तोड़ा नहीं जा सकता, अतः मृणालिनी को बिरेन की विधवा बनकर ही यह जीवन बिताना पड़ेगा।

नए जमाने की सोच रखने वाले ज़्यादा मुखर थे। उनको समाज के आदर्श व्यक्तियों ने जैसे राजा राम मोहन रॉय ने सती प्रथा जैसी सामाजिक कुरीतियों से मुक्त हो जाने की प्रेरणा मिली थी। ईश्वर चन्द्र विद्यासागर ने तो विधवा-पुनर्विवाह का कानून भी अंग्रेजों से पास करवा लिया था।

विवाह भले ही जन्मों का बंधन हो लेकिन व्यावहारिक नहीं है- और यह एकपक्षीय ही क्यूँ है? स्त्री के देहांत के पश्चात् पुरुष को भला दूसरा विवाह करने की अनुमति कैसे मिल जाती है- क्या वहाँ यह बंधन जन्म-जन्म का नहीं है। यह तो साफ-साफ पुरुष-प्रधान समाज में धार्मिक मान्यताओं की आड़ में स्त्री का शोषण है। यदि विधवा का पुनर्विवाह नहीं होगा तो वह किस पर आश्रित रहेगी? क्या वहाँ उसका शोषण नहीं होगा? ऐसे बहुत से तर्क लेकर नई सोच के लोगों ने मृणालिनी के पुनर्विवाह करने के प्रस्ताव का समर्थन किया।

काफी वाद-विवाद एवं विमर्श के बाद सभा ने रायचौधरी बाबू और सेन बाबू के परिवार की सुख-शांति के लिए मृणालिनी और नरेन के विवाह को सहमति प्रदान कर दी। मल्लिक साहब जो सभा के

अध्यक्ष थे, उन्होंने सुझाया कि क्यूंकि यह निर्णय वर्तमान परिस्थिति में युवकों में हो रही नवीन सोच और चेतना के कारण लिया है- तब जरूरी है कि मृणालिनी और नरेन से भी इस विवाह के बारे में राय पूछ ली जाये।

नरेन और मृणालिनी को सभा गृह में बुलाकर जब यह निर्णय बताया तो अप्रत्याशित रूप से नरेन ने बड़ी जोर से प्रतिवाद किया। मृणालिनी तो वहाँ जड़वत ही खड़ी रही। नरेन तो विषमय से उत्तेजित हो रोने लगा और सबको गुस्से से देखते हुये बोला कि यह विचार किसका है?- अपने और मृणालिनी के पिता की ओर बढ़कर जोर-जोर से चिल्लाने लगा कि- "ऐसा आप लोगों ने सोचा भी क्यूँ? मुझे एक बात समझ नहीं आती, क्यों स्त्री-पुरुष का संबंध सिर्फ एक ही चश्मे से देखा जाता है? मानता हूँ शायद आप हमारे भविष्य को हमसे बेहतर देख पा रहे हों, मगर पति-पत्नी के संबंध से भी दिव्य जो संबंध है उसे आप सब क्यों नहीं देख सकते- एक माँ-बेटे का रिश्ता। जब इस समाज में, दो बिल्कुल ही असमान्य उम्र के लोग- एक पैंतीस साल का आदमी और बारह साल की बच्ची पर पति-पत्नी होने की मुहर लगा दी जाती है, तो फिर दो समान उम्र के युवक-युवती क्या माँ-बेटे का कोमल रिश्ता नहीं बुन सकते?

सच तो ये है कि यहाँ खड़े सबकी आँखें दूरदर्शी तो हैं लेकिन उनके वो वर्षों से पहने हुए चश्मे ही पारदर्शी नहीं। मेरे बिरेन दादा पिता समान थे तो उनकी पत्नी, मेरी भाभी माँ क्या मेरी माँ नहीं बन सकतीं? ईश्वर ने हर तरह के प्रेम का अनुभव करने के लिए कोई न कोई रिश्ता जरूर बुना है। आप दें न दें, मगर मेरा ये सात्विक प्रेम, मुझे भाभी माँ को माँ कहने की दृढ़तापूर्वक अनुमति दे रहा है।"

मल्लिक साहब को यही आशंका थी सो उन्होंने नरेन को बड़े प्यार से दोनों परिवार की मानसिक स्थिति और माता-पिता की बच्चों के भविष्य के प्रति चिंता से अवगत कराया। "इस विवाह में दोनों परिवार का भला है और तुम लोगों का जीवन भी व्यवस्थित हो

जाएगा"- ऐसा समझाया। लेकिन नरेन का तो दिमाग ही शून्य हो गया था। जिस मृणालिनी को उसने पहली मुलाकात से ही भाभी माँ का दर्जा दिया था- उसे अपनी पत्नी बनाना, छीः-छीः! -वह तो ऐसा सपने में भी नहीं सोच सकता। हो सकता है इस विवाह को करने से दोनों परिवारों में बुझे हुये दीपक फिर से जल उठें- लेकिन नरेन और मृणालिनी का पवित्र रिश्ता जो पिछले चार-पाँच वर्षों से है, वह तो जल जाएगा फिर उसका धुआँ और बदबू उनको पूरे जीवनभर सताएगी।

चौदह वर्ष के तरुण युवक नरेन के विरोध एवं तर्क ने पूरी सभा को झकझोर दिया। परंपरावादी गुट तो पहले से ही विरोध में था- अतः सभा में सन्नाटा छा गया। नरेन अभी भी उत्तेजित था- अचानक वह आकर मृणालिनी के कदमों में गिरकर रोने लगा, जोर-जोर से कहने लगा कि- "आज मैं नरेन रायचौधरी भरी सभा में घोषणा करता हूँ कि मृणालिनी देवी मेरी मातृ तुल्य हैं, और मैं अब उनको भाभी माँ नहीं बल्कि 'माँ' कहूँगा।" मृणालिनी का भी नरेन के प्रति सात्विक प्रेम जो अभी तक उसके मन में उमड़ रहा था वह फूटकर बाहर निकल पड़ा और उसने अपने पैरों में लेटे नरेन को उठाकर हृदय से लगाते हुये कहा- "हाँ नरेन!- आज से मैं तेरी भाभी माँ नहीं बल्कि माॅ हूँ।"

दोनों पूरी सभा में सबके सामने यूं लिपटकर रो रहे थे जैसे किसी माँ को खोया हुआ बेटा बरसों बाद मिला हो। दो तरुण नवयुवक-नवयुवती को यूं सत्य निश्चल प्रेम में आलिंगनबद्ध देखकर पूरी सभा अचंभित रह गई- दोनों के प्रेम ने सबके हृदय को स्पर्श किया और कई गण-मान्य महाशयों की जैसे मल्लिक बाबू की आँखें गीली हो गईं।

सभा में एक महाशय ने उठकर मृणालिनी के सिर पर हाथ फेरते हुये प्यार से पूछा- "बेटी हमें तो बस यह चिंता है कि बिना पति के तुम्हारा जीवन निर्वाह कैसे होगा- क्यूंकि तुम अभी छोटी उम्र की

हो और तुम्हारे कोई औलाद भी नहीं है जो बुढ़ापे में तुम्हारा ख्याल रखे।" तब नरेन ने बात को बीच में ही काटते हुये कहा कि- "आज से मैं भाभी माँ का बेटा हूँ। मैं और मेरे देहांत के बाद मेरा बेटा मेरी भाभी माँ का ख्याल रखेंगे।" फिर अपनी बात में सुधार करते हुये बोला- "माफ कीजिएगा! भाभी माँ मेरा और मेरे परिवार का ध्यान रखेंगी, क्यूंकि अब पूरी संपत्ति की मालकिन मेरे माता-पिता के बाद वही होंगी।"

फिर उन्हीं महाशय ने मृणालिनी की तरफ देखकर कहा कि- "तो फिर ठीक है, अगर नरेन नहीं तो किसी और से विवाह कर लो!" नरेन स्तब्ध हो मृणालिनी की ओर देखने लगा और उत्तर की प्रतीक्षा करने लगा। मृणालिनी ने नरेन की तरफ देखते हुये अपनी चुप्पी को तोड़ा और कहा कि- "आप हमारे बारे में इतना सोचते हैं, उसका बहुत धन्यवाद! लेकिन अब ज़रा समझने की भी कोशिश करें। वो माँ कितनी धन्य होगी जिसको नरेन जैसा बेटा मिला होगा- उसे किसी और सहारे की जरूरत ही नहीं। नरेन ही मेरा बेटा है- मैं उसके प्रेम को किसी दूसरे के साथ बाँट नहीं सकती।"

मल्लिक बाबू अपने आसन से उठे- दोनों बच्चों को गले लगाया और सभा को उद्‌बोधन करते हुये बोले कि- "अपने जीवन में समाज के कई रूप, रिश्ते- व्यवहार में देखे हैं, लेकिन अबोध, निश्चल, निःस्वार्थ प्रेम का जो आज रूप देखा है- वह अलौकिक है। यदि बुरा ना माने तो कहता हूँ कि हम कृष्ण-राधा के रूप में इसी प्रेम की पूजा करते हैं। रायचौधरी बाबू और सेन बाबू आप और आपका परिवार धन्य है कि आपके घर ऐसे प्रेमात्मा ने जनम लिया।" पूरी सभा मल्लिक बाबू से सहमत थी- सबने मृणालिनी और नरेन को आशीर्वाद दिया और इस सभा की चर्चा, गुण-गान सब जगह होने लगी- "ऐसा अलौकिक माँ बेटे का रिश्ता।"

अध्याय - 12

दादी के जन्म से लेकर नरेन बाबू की घोषणा तक की बातें मुझे दादी से मेरी माँ के हुये वार्तालाप और उनके पास रखे चित्रों से मिली। पुरानी बातें करते हुये दादी के चेहरे पर आते-जाते भावों से मुझे उस समय की घटनाओं की वास्तविकता का अनुमान मिला। सबसे ज्यादा भावुक घटना थी दादी का बिरेन बाबू के बारे में जिक्र करना। बिरेन बाबू का प्रेम और नरेन बाबू की भक्ति ही दादी के जीवन का मूल स्तम्भ थी। वाकई में ऐसा निर्मल, पावन रिश्ता बहुत ही विरला होता है। यह अलौकिक रिश्ते ही दादी के जीवन को इतना प्रभावशाली और गरिमामय बना रहे थे।

यह सब बातें जानने के आज पचास वर्षों के बाद लिख रहा हूँ, लगभग अधिकांश जीवन के गुजर जाने के बाद ये बातें समझ में आ रही हैं जो मेरे जानने के भी पचास-साठ वर्ष पूर्व घटी थी यानि कि उस बात को एक शताब्दी बीत चुकी है। तो क्या उस तरुणाई की उम्र में प्रेम का गहरा अर्थ समझ में आ जाता है? यह प्रश्न मेरे मन में उठा- अब इस विषय में किससे बात करूँ? पहला खयाल आया मकान के अपने दोस्तों का- सो शाम को ही हम सब एकत्र हुये- लड़के भी और लड़कियां भी, सबने मुझसे दादी की कहानी बड़ी उत्सुकता से सुनी। दादी के बचपन से लेकर नरेन बाबू वाली घोषणा तक की बातें सुनकर हम में से प्रत्येक की प्रतिक्रिया एक-सी थी- "आखिर वो कैसा रिश्ता था?"

मैंने अपने मन में उठ रहे प्रश्न को सबके सामने रखा- कि क्या नरेन बाबू और मृणालिनी देवी के बीच जो प्रेम भाव था वह हम जान सकते हैं? महसूस कर सकते है?- क्यूंकि हम सब भी उसी उम्र के

हैं। हमने सबको आपस में देखकर नजरें भी हटा ली, जैसे सब अपने आप को टटोल रहे थे। मेरे प्रश्न का उत्तर किसी के पास नहीं था- लेकिन हमें नहीं मालूम था कि कुंडू बाबू कब से अपने कार्यालय में बैठे काम करते हुये हमारी बातें सुन रहे थे। उनको तो नरेन बाबू और दादी के बारे में बहुत कुछ पता था क्यूंकि वो कई वर्षों से रायचौधरी परिवार की सेवा में थे।

कुंडू बाबू ने आवाज देकर हमें अपने कार्यालय में बुलाया- और मुस्कुराते हुये कहा कि तुम लोगों की शंका मैं दूर करने की कोशिश करता हूँ। सुनो- हम जिसे 'प्रेम' कहते हैं वह इस संसार के व्यवहार में मुख्यत: चार रूपों में हमारे जीवन में घटता है। पहला तो 'पहली नजर का प्यार' जिसे कहते हैं वह अधिकतर होता है- लेकिन यह एक इत्र की खुशबू की तरह होता है। जिसके लगने पर सुगंध तो आती है लेकिन जल्द ही उड़ भी जाती है। दूसरी तरह का प्रेम किसी हमदर्दी के कारण होता है- जैसे कोई बहुत गरीब है लेकिन प्रतिभावान है, अपंग है- अंधा या लंगड़ा लेकिन किसी कला में निपुण है, इत्यादि। ऐसा प्रेम मरहम की तरह होता है- जब तक लगाते रहो तब तक प्रेम है- मरहम खत्म, प्रेम खत्म।

तीसरी तरह का प्रेम है बराबरी का, दोस्ती वाला। तू तू है, मैं मैं हूँ लेकिन हम दोनों 'हम' हैं। एक दूसरे को उसकी अच्छाई और बुराई दोनों गुणों के साथ अपनाना। यह व्यवहार और संसार के लिए उत्तम है- लेकिन जिस दिन भी किसी में अहंकार आया तब प्रेम खत्म। चौथा प्रेम अलौकिक प्रेम है- इसमें प्रेम करने वाले स्थूल शरीर नहीं होते बल्कि प्रेम का सूक्ष्म भाव होता है। 'तू तू है और मैं भी तू है' वाला भाव होता है- समर्पण ही इस प्रेम का मूल मंत्र है और त्याग ही रूप है। यह प्रेम नित्य है, सनातन है- कभी खत्म नहीं होता। कुंडू बाबू ने इतना कहकर बात समाप्त की, कहा- "अब तुम लोग ही आंकलन करो कि प्रेम क्या है?" और यूं कुंडू बाबू हमारे लव गुरु बन गए।

कुंडू बाबू की प्रेम शब्द की व्याख्या सुनकर हम सब गंभीर हो गए- हम तो प्रेम को मात्र एक खेल समझते थे, जैसा कि फिल्म और फिल्म के गानों में बताते हैं- लेकिन वह प्रेम नहीं है। संसार में मोह, कामना, वासना, लगाव आदि कई भावों को हम प्रेम समझ बैठते हैं जो केवल स्थूल शरीर और वस्तुओं के बीच है, जबकि प्रेम तो आत्मा के बीच का दैवी भाव है जिसने सारे ब्रह्मांड को प्रकाशित कर रखा है। उस समय कुंडू बाबू की बताई बातें हमारे दिल में घर कर गई और हम सभी एक दूसरे को, आपस के व्यवहार को भली-भांति जानने लगे और एक दूसरे के प्रति प्रेम और स्नेह बढ़ गया। आज भी वो बातें याद करता हूँ जिसने जीवनभर हमारा मार्ग-दर्शन किया और करते रहेंगे।

आज पाँच दशक बीत जाने के पश्चात् भी हम सभी दोस्तों में वही प्रेम और स्नेह है जो पहले था। हम सबकी शादी हुई तो हमारे जीवन साथी ने भी हमारे संबंध को समझा और आदर किया। हमारे बच्चे हुये तो उन्होंने भी हमें सिर्फ अंकल या आंटी नहीं कहा बल्कि चाचाजी, ताऊजी, मामाजी, मौसीजी, बुआजी आदि भारतीय सम्बोधनों से पुकारा। हमारा आपस का प्रेम सबके लिए एक उदाहरण बन गया- यह ताकत है प्रेम के शाश्वत भाव में।

कॉलेज के समय के दोस्तों के साथ गुजारे पलों को याद करता हुआ कुर्सी पर टेक लगाकर आँखे बंद की- मज़ाक की बात है, प्रेम की जगह भूख लगी नज़र आई! घड़ी को देखा दोपहर के दो बज रहे थे- भूख लगी थी और टिफिन वाला खाना लेकर नहीं आया। वैसे तो प्राय: मैं दिन में अपने कार्यालय में रहता हूँ इसलिए टिफिन वाला तो रात का खाना लेकर ही आता है- लेकिन अभी छुट्टी पर रहने के कारण दिन का खाना लाने भी उसे कहा था- शायद भूल गया होगा तब फोन करके खाना होटल से मंगाना पड़ेगा। पास के होटल में फोन कर, एक शाकाहारी थाली का ऑर्डर दिया।

शहर-शहर का कितना अंतर होता है। आज एक महीने से मेरी

पत्नी बच्चों से मिलने विदेश गई हुई है और मैं पिछले चार दिनों से पैर में मोच आने के कारण घर में लेटा हूँ। खाना बाहर से मँगवाकर खा रहा हूँ, चाय बनाकर पी रहा हूँ- किसी पड़ोसी को कोई सरोकार नहीं है। मुझे याद आता है वही पुराना कलकत्ता का मकान जहाँ किसी को भी चाय-नाश्ता या खाना बाहर से मंगवाना नहीं पड़ता था। किसी को चोट लग जाये तो सब रोज उसका कुशल क्षेम पूछते थे। सोचता हूँ, कुछ तो समय बदल गया है और कुछ इंसान।

दादी के बारे में जानकारी हासिल करने के लिए अब कुंडू बाबू का भी एक जानकार और भरोसेमंद स्त्रोत मिल गया। मुझे जब भी समय मिलता था मैं कुंडू बाबू से मिलने की कोशिश करता। उनके ऑफिस के छोटे-मोटे काम कर देता जैसे किराये के बिल मकान में बांटना, चिट्ठियों को फाइल करना इत्यादि। दादी से भी मिलना और चित्रों को सिलसिले वार रखना जारी था। उनकी नौकरानी को भी मैं राशन, सब्जी आदि खरीदने में मदद करता। जब अपने घर का सामान खरीदने जाता तो उससे भी पूछ लेता कि कुछ लाना है तो बताओ! बड़ी जल्दी मैं मेरे दोस्तों में 'दादी का पिट्ठू' के नाम से जाना जाने लगा।

एक दिन बात को आगे बढ़ाते हुये मैंने दादी से पूछा कि- "उस दिन की सभा के बाद क्या नरेन बाबू का व्यवहार आपके प्रति बदल गया?" तब दादी ने कहा कि उस ऐतिहासिक दिन के बाद पूरे घर का वातावरण ही बदल गया। माँ और बाबा का हमारे संबंध के लिए एक आदर का भाव पैदा हो गया। हम भी एक दूसरे के प्रति पहले से ज्यादा गंभीर हो गए। नरेन बाबू ने पढ़ाई में पूरा ध्यान लगाया- और बाबा के साथ जमींदारी के काम को सीखना शुरू कर दिया। बहुत जल्द ही नरेन बाबू घर का कारोबार बड़ी जिम्मेदारी से करने लगे। इधर मृणालिनी देवी ने घर की रसोई और रख-रखाव की जिम्मेदारी संभाल ली। हवेली में दिनचर्या पटरी पर लौट आई, बस बिरेन बाबू की कमी खलती थी।

अध्याय – 13

केष्टोपुर के जमींदार रायचौधरी बाबू के जवान बेटे नरेन बाबू की कार्यशैली की चर्चा सब जगह होने लगी। उनका व्यापार करने का तरीका और सरकारी महकमों से व्यवहार के साथ अपने किसानों और मजदूरों से कार्य करवाने की कुशलता के सब कायल हो रहे थे। अच्छे काम करने के फायदे ही फायदे हैं- धन-सम्पत्ति तो अपने घर में आती है- साथ ही यश और गुण-गान दुनिया से मिलता है। विश्वजीत बाबू भी अपने बेटे नरेन के काम से बहुत खुश थे।

श्री दयाशंकर मल्लिक जो नरेन और मृणालिनी को लेकर समाज की सभा हुई थी उसके अध्यक्ष थे, वो बंगाल के नामी जमींदारों में से थे। मल्लिक साहब तो उस सभा में जो नरेन की बातें सुनकर ही मुग्ध हो गए थे- उनके भाई श्री कृपा शंकर मल्लिक की बेटी सौदामनी के रिश्ते के लिए मन बना चुके थे। समय निकालकर मल्लिक बाबू केष्टोपुर आए और रायचौधरी बाबू से चि॰ नरेन की सौ॰ सौदामनी के विवाह का प्रस्ताव पेश किया। रायचौधरी बाबू तो मल्लिक बाबू को अपने घर पधारने पर ही धन्य हो गए और अब यह रिश्तेदारी का प्रस्ताव तो उनको बंगाल के नामी-गिरामी जमींदारों की जमात में शामिल कर देगा। उनकी तो बाछें ही खिल गईं, मल्लिक बाबू को आश्वस्त करते हुये बोले कि नरेन और घर वालों से राय कर के आपको शीघ्र बताऊंगा।

रायचौधरी बाबू ने मल्लिक बाबू का प्रस्ताव घर में बताया- आनंदी देवी तो बड़ी प्रसन्न हुई- लेकिन नरेन ने कहा कि जो भाभी माँ कहेंगी वही करेगा। मृणालिनी को तो कोई आपत्ति नहीं थी बल्कि वह तो बहुत खुश हुई कि नरेन बाबू की शादी हो जाएगी तो घर में फिर से रौनक लौट आएगी। 'शुभस्य-शीघ्रम' वाली बात है, जब

किसी को कोई आपत्ति नहीं थी तो रायचौधरी बाबू ने रिश्ते की हामी भर दी और मल्लिक बाबू तो फूले नहीं समाए- अपने घर में कहा कि आज के जमाने में नरेन जैसा विवेकशील और चरित्रवान युवक कहाँ मिलता है। उन्होंने सौदामनी को बुलाकर कहा- बेटी तुम बहुत भाग्यशाली हो जो नरेन जैसा पति तुम्हें मिल रहा है।

शादी की तैयारियाँ धूम-धाम से शुरू हो गईं। रायचौधरी बाबू और आनंदी देवी को शादी की धूम-धाम में रह-रह कर बिरेन की याद आ ही जाती थी तो आँखें गीली हो जाती थीं- लेकिन मृणालिनी ने उनका ख्याल रखते हुये अपने चेहरे पर शिकन भी नहीं आने दी- बल्कि बड़ी गरम जोशी से शादी के समारोह में शामिल हो रही थी। नरेन तो सब बातों में भाभी माँ से ही पूछता था- क्या पहनना है? किस रंग के कपड़े पहनने हैं- कैसी स्टाइल होगी? कैसा डिजाइन होगा? वगैरह-वगैरह। दुल्हन के जेवर भी सब मृणालिनी की पसंद से बनवाए गए।

बड़ी धूम-धाम से अच्छे मुहूर्त में चि॰ नरेन की शादी गंगापुर के जमींदार श्री कृपा शंकर मल्लिक की सुपुत्री सौ॰ सौदामनी से हो गई। बारात जैसे गाते-बजाते केष्टोपुर से गई थी वैसे ही दुल्हन की डोली लेकर आई। दूल्हा-दुल्हन का भव्य स्वागत हुआ- नरेन बाबू ने सौदामनी के साथ अपने माता-पिता के चरण छुये, आशीर्वाद लेने के लिए। मृणालिनी अपने कमरे में ही थी, नरेन ने शिकायत की- भाभी माँ आप हमारा स्वागत करने द्वार पर क्यूँ नहीं आए? आपके चरण छूकर आशीर्वाद लेना था! मृणालिनी ने कुछ कहा नहीं बस दोनों के सिर पर हाथ फेरकर आशीर्वाद दिया और आँखों से इशारा कर अपने सिर पर सफेद साड़ी का पल्लू ठीक करते हुये बता दिया कि विधवा का साक्षात्कार नव दम्पत्ति के लिए अपशकुन हो जाता है। नरेन बाबू तो मन मसोसकर रह गए। हाय रे नियति! जो मेरा सबसे ज्यादा भला चाहता है वही मेरे लिए क्या अपशकुन हो सकता है?

सौदामनी ने मृणालिनी को पहली बार देखा- झुककर चरण छुए और फिर नरेन बाबू के साथ कमरे से बाहर निकल गई। मल्लिक बाबू की हवेली केष्टोपुर की हवेली से बहुत बड़ी थी। धन-दौलत, नौकर-चाकर, शान-शौकत में मल्लिक बाबू तो बहुत ज्यादा बड़े थे- इसीलिए उनके घर में पली और बड़ी हुई सौदामनी को तो यहाँ सब छोटा और हल्का लग रहा था। आखिरकार वो एक बड़े बाप की बेटी थी, बड़े नाज-नखरों से पली थी। सौदामनी को तो ससुराल की तरफ से मिले कपड़े और जेवर भी पसंद नहीं आए- कह दिया अपनी सास को कि जो जेवर दिये हैं, बड़े हल्के हैं क्योंकि जो जेवर वह अपने पीहर से लाई है वह काफी सुंदर एवं कीमती हैं।

यूं बात-बात पर अपने पीहर की बड़ाई एवं ससुराल की बुराई कर उसने घर परिवार में माहौल बड़ा कड़वा बना दिया। नरेन बाबू को कोई फ़रक नहीं पड़ता था, वो सौदामनी की बातों पर कोई ध्यान नहीं देते थे- बस जो बात करनी, सलाह करनी होती अपनी भाभी माँ से कर लेते। सौदामनी यदि कोई बात पूछती कि उसे कुछ जेवर बनवाने हैं या कपड़े खरीदने हैं तब नरेन बाबू कह देते की भाभी माँ से पूछ लो- जैसा कहें वैसा करो। यह बात सौदामनी को जले पर नमक की तरह लगती थी।

एक शाम जब नरेन काफी अच्छे मूड में था तब सौदामनी ने अपने मन में घुमड़ रहे प्रश्न को पूछ ही लिया कि आखिर भाभी माँ में ऐसी कौन-सी बात है जो आप हर काम करने से पहले उनसे पूछते हैं- अपनी अर्धांगिनी से भी ज्यादा आप उनको मान देते हैं। तब नरेन ने जब सौदामनी को घूरकर देखा तो वह तो डर गई, लेकिन अगले ही पल नरेन ने मुस्कुरा कर कहा- “पगली! जैसे तुम भोजन परोसने और खाने से पहले भगवान को भोग लगाती हो, वैसे ही मैं हर काम करने से पहले भाभी माँ से पूछता हूँ। और रही बात तुम्हारी और भाभी माँ के स्थान की- सो तुम मेरी अर्धांगिनी हो तुम्हारा

स्थान मेरे दिल में है, लेकिन भाभी माँ मेरी माँ हैं- मेरा स्थान उनके चरणों में है।" सौदामनी के प्रश्नों के उत्तर ने उसे और उलझा दिया।

हालांकि मृणालिनी कभी कोई कसर नहीं छोड़ती थी सौदामनी की इच्छा पूरी करने में लेकिन मृणालिनी जितना उससे प्यार करती, उसके करीब आती थी- सौदामनी उतनी ही चिढ़ जाती। यहाँ तक कि छोटी-छोटी बातों में भी अब घर में क्लेश होने लग गया। औरतों की बातें आनंदी देवी के माध्यम से रायचौधरी बाबू तक भी पहुँच गई- उन्होंने नरेन को बुलाकर इस पर चर्चा की- उसे तो सारा दोष सौदामनी का लगा, इसलिए अपने कमरे में जाकर उसे काफी डांटा। बात बनने की जगह और बिगड़ गई। सौदामनी ने साफ-साफ कह दिया कि जब उसे घर की अशांति का कसूरवार ही मान लिया है तब उसका घर में रहने का कोई मतलब नहीं- और अपने मायके जाने की धमकी दी और गंगापुर खबर कर दी।

घर में ऐसा वातावरण कभी भी नहीं हुआ था। नौकर-चाकर भी यह सब देखकर काफी दुःखी थे। गंगापुर से मल्लिक बाबू और उनकी पत्नी खबर सुनते ही भागे आए। उनके सामने तो सौदामनी ने रो-रोकर जो अपनी व्यथा सुनाई जैसे उस पर जुल्म और अत्याचार बेहिसाब हो रहे थे। रायचौधरी बाबू और आनंदी देवी तो सीधे-सरल व्यक्ति थे, उन्होंने ऐसा माहौल कभी देखा नहीं, सोचा भी नहीं- वो तो मिट्टी के पुतले बने सौदामनी और उसके माता-पिता की बातों के तीर सहते रहे।

मल्लिक बाबू के हिसाब से घर में झगड़े की जड़ मृणालिनी थी- वही नरेन और सौदामनी की गृहस्थी में विवाद पैदा कर रही थी- वही उनकी बेटी को सताती थी, उत्पीड़न करती था। आखिरकार रायचौधरी बाबू ने सब अभियोग अपने सिर पर ले लिया और आश्वासन दिया कि भविष्य में वो सौदामनी की भावना का ख्याल रखेंगे। सौदामनी और उसके माता-पिता ने एक विजयी मुस्कान के साथ रायचौधरी परिवार की ओर देखा।

मल्लिक बाबू तो अपनी बेटी को विजयी बनाकर वापस चले गए- सौदामनी ने अपने ससुराल के हर सदस्य को दोषी बताकर नीचा दिखाया। मृणालिनी पर घर की अशांति का कारण होने का दोष मढ़ दिया गया। मृणालिनी अपने कमरे में जाकर फूट-फूट कर रोई- बिरेन की मौत का दर्द मानो अब उमड़ कर आया था। उसके कारण आज नरेन बाबू और माँ बाऊजी को भी कितनी पीड़ा हुई है- वह यह सब सोचकर हालात बर्दाश्त नहीं कर सकती थी। पूरी रात रोते-रोते कब सुबह हो गई पता ही नहीं चला- फिर दूर कहीं से बांसुरी की आवाज कानों में पड़ी तो मानो समस्या का हल मिल गया। मृणालिनी ने निर्णय लिया कि सौदामनी को मायके ना जाना पड़े इसलिए वो वृन्दावन चली जाएगी।

अध्याय - 14

मृणालिनी के वृंदावन जाने के फैसले को सुनकर घर वाले हैरान हो गए- लेकिन जैसा माहौल सौदामनी और उसके माता-पिता ने घर में बना दिया था- यह एक निर्णय ही रास्ता था। लेकिन नरेन बाबू और उनके माता-पिता ने अपने दिल को समझाया कि अभी बात गरम है- कुछ दिनों में जब सब सामान्य हो जाएगा तब मृणालिनी को वापस घर ले आएंगे। आनंदी देवी ने प्रस्ताव दिया कि वो और रायचौधरी बाबू भी वृंदावन चलते हैं तब मृणालिनी ने उनको समझाया कि उनकी बढ़ती उम्र में उनका वैद्य कविराज की देख-रेख में घर पर ही रहना उचित है। फिर भी रायचौधरी बाबू ने, मृणालिनी से घर वापस आने का वादा लेकर ही वृंदावन जाने की अनुमति दी। नरेन बाबू तो कुछ कहने-सोचने की स्थिति में ही नहीं थे।

घर में जो हुआ था उसके कारण उनका मन विरक्त हो गया था। बस कहा कि भाभी माँ मुझे कुछ वक्त दो ताकि वृंदावन में आपके प्रवास की व्यवस्था कर दूँ। नरेन बाबू के पास कार्यालय में श्यामाचरण कुंडू नामक युवक ने नौकरी शुरू की थी- समर्पित और मेहनती युवक था- सो नरेन बाबू ने उसे भाभी माँ के वृंदावन प्रवास का सारा प्रबंध करने की जिम्मेदारी दी। कुंडू बाबू ने तुरंत वृंदावन पहुँचकर एक अच्छा-सा मकान किराये पर लिया। भाभी माँ का निर्देश था कि वृंदावन प्रवास में बिल्कुल सादगी से रहेंगी इसलिए जमीन में चटाई पर सोना, गिनती के रसोई के बर्तन इत्यादि सीधे-सादे जीवन के ढंग में भाभी माँ वृंदावन आ गई। साथ में बस एक नौकरानी जो उनकी पुरानी विश्वस्त राधाग्राम के समय से साथ थी- वृंदा देवी। वो बड़ी खुश थी कि जीवन के आखिरी समय में वृंदावन रहने को मिलेगा।

वृंदावन में मृणालिनी देवी की दिनचर्या यही थी कि सुबह मुंह

अंधेरे चार बजे उठ गए नित्य कर्म करके पाँच बजे से भजन कीर्तन, मंदिर दर्शन इत्यादि। दोपहर को किसी भागवत कथा में श्रवण और शाम को सूर्यास्त के बाद संध्या वंदन कर के सो जाना। दिन में एक बार भोजन- खिचड़ी या दलिया और फलाहार ग्रहण करती थीं। कुंडू बाबू महीने में एक बार आकर किराये और किराने का हिसाब कर जाते थे और भाभी माँ जितने पैसे दान-धर्म के लिए मंगाती थी उतने लाकर दे देते थे।

जब सेन बाबू और मंदाकनी देवी को मृणालिनी के वृंदावन चले जाने का पता चला तो वो भी वृंदावन आकर बेटी से मिले। मृणालिनी ने उन्हें सौदामनी के कारण घर में हुये क्लेश के बारे में कुछ नहीं बताया। एक महीने तक सेन बाबू और मंदाकनी देवी अपनी बेटी के साथ रहे। मंदिरों में दर्शन किए, बृज धाम की यात्रा की, सत्संग सुने और वापस राधाग्राम लौट गए।

रायचौधरी बाबू को जब सेन बाबू की वृंदावन यात्रा का पता चला तो मन में शंका हुई कि कहीं उनको मृणालिनी ने घर के क्लेश के बारे में बता तो नहीं दिया- सो वो राधाग्राम सेन बाबू से मिलने पहुँचे। सेन बाबू ने उनको वृंदावन का प्रसाद दिया और अपने वृंदावन की यात्रा के बारे में विस्तार से बताया। रायचौधरी बाबू को जब विश्वास हो गया कि सेन बाबू को उनके घर में हुये क्लेश का पता नहीं है तो मन का गुबार फूट पड़ा। उन्होंने मृणालिनी के वृंदावन जाने के निर्णय लेने के हालात बताए- सेन बाबू को तो वृंदा ने सब बता दिया था- एक माह तक रहे लेकिन उन्होंने अपनी बेटी को तनिक भी उदास नहीं देखा।

इसलिए उन्होंने रायचौधरी बाबू को समझाया कि उनकी गृहस्थी की पीड़ा बिल्कुल उचित है लेकिन मृणालिनी की ओर से वो निश्चिंत रहें, वह समझदार है- अभी भी उसके हृदय में आप सबके प्रति प्रेम और आदर उतना ही है। रायचौधरी बाबू ने कहा कि यह सेन बाबू और मंदाकनी देवी के ही संस्कार हैं, जो मृणालिनी में हैं- जो इतने उदार और सहनशील हैं। राधाग्राम से लौटकर रायचौधरी बाबू ने वृंदावन

चलने के बारे में आनंदी देवी से सलाह की- वो सहर्ष तैयार हो गई। नरेन बाबू तो खुश थे कि इस बहाने भाभी माँ का संपर्क बना रहेगा। सौदामनी भी खुश थी कि ये भी चले जाएंगे तब हवेली में उसका एकक्षत्र राज होगा। सास और ससुर के वृंदावन आ जाने से मृणालिनी देवी काफी प्रसन्न हुई, उनका आशीर्वाद मिलना तो सौभाग्य होता है।

सास-ससुर की सेवा भी कृष्ण-भक्ति में जुड़ गई। श्रद्धा से ही तो भक्ति की शुरुआत है- माता-पिता और गुरुजनों के प्रति श्रद्धा ही मनुष्य में सत्य के ज्ञान और विवेक को प्रकाशित करती है। मृणालिनी देवी तो पहले से ही सत्यनिष्ठ, दयालु और धार्मिक भाव की थी। अब वृंदावन धाम का वातावरण, सन्यासी जैसी दिनचर्या और सास-ससुर की सेवा फल से मिली श्रद्धा ने उनके जीवन को और पवित्र और पावन बना दिया। जब भी समय मिलता था तो नाम जपते-जपते और माला फेरते हुये वो ध्यान करती रहती। उन्होंने कोई औपचारिक शिक्षा नहीं ली थी और ना ही किसी गुरु से कोई मंत्र या दीक्षा, उनके पास तो बस सत्य और प्रेम था। सत्य क्या है- तो बस प्रेम है और प्रेम क्या है- बस सत्य है।

एक रात्रि उनको नींद नहीं आ रही थी, तो पद्मासन लगाकर ध्यान करने बैठ गईं और सोचने लगी कि प्रेम क्या है- इसका कैसा रूप है? बिरेन बाबू के साथ जो प्रेम भाव था, वह क्या था? वह तो एक सांसारिक प्रेम था जो पति-पत्नी के बीच होता है, जो उम्मीद करता है- देना है तो लेना भी है। फिर नरेन बाबू के साथ जो प्रेम है- वह क्या है? वह निस्वार्थ, निष्काम प्रेम आत्मिक है जो सदैव त्याग करता है- सिर्फ देना चाहता है। और अब यहाँ वृंदावन में बाँके-बिहारी जी के साथ कौन-सा प्रेम है? यह अलौकिक प्रेम है जो न लेना चाहता है ना कुछ देना- क्यूंकि देने-लेने की वस्तु तो नश्वर है- यहाँ तो नित्य सनातन भाव है भक्ति का जो अपना सर्वस्व अर्पण करता है, समर्पण करता है- ना कुछ पाना है, ना कुछ खोना है।

अध्याय - 15

इस तरह अपने वृंदावन प्रवास में मृणालिनी देवी अपनी आध्यात्मिक चेतना में अपने आपको निखारती चली गई। इन सभी बातों के साक्षी थे हमारे कुंडू बाबू जो नियमित रूप से वृंदावन जाते थे और अपनी मालकिन से अपने कार्य के साथ-साथ सत्संग भी किया करते थे। जब मैंने यह बातें सुनी तब इतनी समझ में नहीं आई लेकिन आज अपनी डायरी से पढ़कर जब यह लिख रहा हूँ तब थोड़ा-थोड़ा समझ पा रहा हूँ कि कितनी महान थी मृणालिनी देवी जिन्होनें अपने वनवास को भी जीवन का बसंत बना लिया। उनको भक्ति-भाव ने मुखर होकर भजन के रूप में सुरों की सरिता प्रवाहित कर दी। उनके गाये हुये भजन सुनने वालों के अन्तर्मन के तार छेड़ देते थे।

अपने दोनों हाथ उठाकर,
छोड़ दो सब कुछ उस पर।
जिसने तर्जनी पर उठाकर-
गिरिराज को, बन गया गिरिधर।।

बस तेरे विश्वास पर- मैं तो हूँ बलिहारी,
हे गिरधारी... हे गिरधारी!

रोज शाम को जब मृणालिनी देवी गाती थी तो कई श्रोता उनके भजन को सुनने आते और कीर्तन में शामिल हो जाते। कइयों की आँखों से अश्रुधारा बहने लगती और कई बेसुध होकर नृत्य करने लगते। यूं मृणालिनी देवी का निवास एक भक्ति आश्रम बन गया। गरीबों को, विकलांगों को वहाँ भोग-प्रसाद की व्यवस्था कर दी गई। कुंडू बाबू यह सब जानकारी नरेन बाबू को सुनाते, तब नरेन बाबू बहुत प्रसन्न होते और ये निर्देश देते कि- "भाभी माँ को पैसे और अन्य साधनों की कोई कमी ना होने पाए।"

नरेन बाबू ने भी एक बार वृंदावन जाने का मन बना लिया। सौदामनी से चर्चा की- कहा कि वृंदावन की यात्रा करते हैं, तीर्थ धाम में दर्शन, पूजा पाठ कर लेंगे और माँ-बाबा और भाभी माँ से भी मिल आएंगे। भाभी माँ का नाम सुनकर सौदामनी ने नाक सिकोड़ी लेकिन माँ-बाबा से मिलने को वह मना नहीं कर सकी इसलिए हाँ कर दी।

कुंडू बाबू ने जब नरेन बाबू और सौदामनी देवी के वृंदावन आगमन की सूचना दी तो मृणालिनी देवी और माँ-बाबा बड़े प्रसन्न हुये। उनको कोई तकलीफ न हो इसलिए घर में पलंग, कुर्सी और रसोई के सामान मँगवाए गए। नियत दिन नरेन बाबू और सौदामनी देवी आए। माँ-बाबा और भाभी माँ के चरण स्पर्श किए- आशीर्वाद लिया। करीब 3 वर्षों के बाद सबका मिलन हो रहा था। मृणालिनी देवी ने अपने हाथों से बनाया स्वादिष्ट भोजन उन्हें खिलाया। फिर मंदिरों के दर्शन कराये। वृंदावन के साधु-संतों में मृणालिनी देवी के लिए अपार प्रेम और श्रद्धा हो गई थी- अतः साधु-संतों ने नरेन बाबू और सौदामनी के कुशल मंगल हेतु विशेष पूजन-हवन किया। मृणालिनी देवी ने संतों से विनती की- दम्पत्ति को संतान प्राप्ति हो और वंश-वृद्धि हो। संतों ने सौदामनी देवी को सौभाग्यशाली और पुत्रवती होने का आशीर्वाद दिया। पूजन-हवन के बाद साधु-संतों को भोजन एवं समुचित दक्षिणा दी गई। नरेन बाबू एवं सौदामनी देवी अपने सम्मान में किए इन आयोजन से बड़े प्रभावित हुये।

इन दिनों रायचौधरी बाबू का स्वास्थ्य कुछ नरम चल रहा था। अतः नरेन बाबू ने माँ-बाबा को अपने साथ ले जाने का प्रस्ताव रखा। वृंदावन का प्रवास, प्रेम और भक्ति का वातावरण छोड़कर किसी के जाने का मन तो नहीं करता लेकिन स्वास्थ्य के कारण मजबूरी थी सो माँ-बाबा ने मृणालिनी से विदा लेकर नरेन बाबू के साथ वापस केष्टोपुर चले गए। मृणालिनी देवी तो सांवरे के रंग में सराबोर हो चुकी थी- भजन गाना और कीर्तन करना, साधु-संतों के साथ सत्संग करना, रासलीला देखना, बाँके बिहारी जी के मंदिर में दर्शन करना-

इन सब में उनको समय का पता ही नहीं चलता था कि दिन और रात कैसे और कब बीत रहे हैं।

नरेन बाबू ने कुंडू बाबू को भाभी माँ के लिए एक बड़ी जगह जहाँ, उनके रहने का और भजन-कीर्तन करने की समुचित व्यवस्था हो सके, वह खरीदने के लिए आदेश दे दिया। जमीन ले ली गई और निर्माण भी हो गया- वहाँ कुछ बे-सहारा विधवा महिलाओं के रहने, खाने-पीने का प्रबंध भी हो गया। कहते हैं कि भक्ति में भगवान, भक्त को भी भगवान बना देते हैं- यहाँ वही चरितार्थ हो गया। मृणालिनी देवी की भक्ति ने उनके आश्रम में वृंदावन का जैसे सारा प्रेम रस ही बरसा दिया। जो भी यात्री-संत वृंदावन आता- वह उस आश्रम में अवश्य आता और भजन कीर्तन का आनंद उठाता।

केष्टोपुर लौटकर भी रायचौधरी बाबू का स्वास्थ्य बिगड़ता ही चला गया- उनकी चिंता में आनंदी देवी भी बीमार रहने लगी। वृंदावन में उनको जो मृणालिनी देवी की श्रद्धा एवं प्यार मिल रहा था वह सौदामनी देवी के यहाँ नहीं था- और वृंदावन धाम का भक्ति का वातावरण भी अनूठा था, रसभरा था। सारे दिन साधु-संतों के भजन-कीर्तन की चहल-पहल रहती थी- जो केष्टोपुर में नहीं था- सूनापन-सा था, बस खा लो और सो जाओ। ना ही कोई मिलने-जुलने को था, जो स्वास्थ्य या संसार की बातें करे, ना ही कोई साधु-संतों का सत्संग-भजन। फिर भी नरेन बाबू उनका पूरा ध्यान रखते थे, वैद्य-कविराज और कलकत्ता के अंग्रेजी डॉक्टरों से भी अपने माता-पिता का पूरा इलाज करवाते थे।

नरेन बाबू को इधर अपने माता-पिता के स्वास्थ्य की चिंता रहती थी और उधर अपने बढ़ते व्यापार की। इस बीच उन्हें एक खुश-खबरी मिली कि सौदामनी गर्भवती हो गई हैं। इस समाचार ने केष्टोपुर से लेकर वृंदावन तक खुशियों की लहर दौड़ा दी। रायचौधरी बाबू और आनंदी देवी अपनी बीमारी को भूल गए- उधर मृणालिनी देवी की खुशी का ठिकाना नहीं था। परिवार के सदस्य और घर के

नौकर-दाइयाँ सभी सौदामनी देवी की देख-रेख और कुशलता के लिए सेवा में तत्पर रहते थे। फिर भी सौदामनी देवी को केष्टोपुर से ज्यादा अच्छा अपने मायके गंगापुर के रख-रखाव पर विश्वास था। वो नरेन बाबू से ज़िद करने लगी कि बच्चे का प्रसव गंगापुर में हो- अतः नरेन बाबू और उनके माता-पिता की इच्छा के विरुद्ध सौदामनी देवी अपने प्रसव के लिए केष्टोपुर छोड़कर गंगापुर चली गई- सावधानी बरतते हुये नरेन बाबू ने दो दाई-नौकर भी साथ भेज दिये। बीच-बीच में वो भी गंगापुर जाकर सौदामनी देवी का हाल-चाल पूछ कर आते और माता-पिता की चिंता को थोड़ा कम करते। गंगापुर में सौदामनी देवी पूरी तरह स्वच्छंद थी अतः खाने-पीने और उठने-बैठने में लापरवाही होती थी- फलस्वरूप समय से पहले ही आठवें महीने में ही प्रसव-पीड़ा होने लगी।

आनन-फानन में बड़े-बड़े डॉक्टर बुलाये गए- डॉक्टरों ने पूरी जांच-पड़ताल कर अपना मन्तव्य दिया कि लापरवाही के कारण गर्भ में शिशु को हानि पहुँची है- अतः शिशु का जीवन संकट में है। केष्टोपुर में तो सब रोने लग गए- वृंदावन में मृणालिनी देवी को जब यह सूचना मिली तो उन्होंने अपनी भक्ति की सारी निधि भगवान को सौंपते हुये कहा कि- "हे कृष्ण! आपने तो सुभद्रा के गर्भ की रक्षा कर परीक्षित को बचाया था- आज मेरे घर पर भी विपत्ति पड़ी है, आप भी सौदामनी के गर्भ में पल रहे हमारे कुल दीपक की रक्षा करो- वह बच्चा आपका ही रूप है।" और आश्रम में गर्भस्थ शिशु के लिए विशेष प्रार्थना होने लगी। सौदामनी के स्वास्थ्य के लिए भी पूजा अर्चना होने लगी।

ऐसी संकट की घड़ी में नरेन बाबू को केवल भाभी माँ के सहारे का भरोसा था। उन्होंने कुंडू बाबू को भाभी माँ को केष्टोपुर लाने के लिए विशेषतया वृंदावन भेजा। नरेन बाबू का आग्रह मृणालिनी देवी के लिए महत्वपूर्ण था। आश्रम की गतिविधि का जिम्मा वृंदा को सौंपकर वो कुंडू बाबू के साथ केष्टोपुर आ गई। नरेन बाबू और

माँ-बाबा मृणालिनी देवी के आने पर काफी आश्वस्त हुये। फिर नरेन बाबू उनको लेकर हॉस्पिटल गए जहाँ सौदामनी देवी का उपचार चल रहा था।

भगवान की कृपा से नवजात शिशु का जन्म ठीक से हो गया। डॉक्टरों की मेहनत एवं घरवालों की प्रार्थना काम आई। केष्टोपुर के साथ-साथ गंगापुर में भी खुशी की लहर दौड़ पड़ी। सौदामनी देवी को पुत्र-रत्न की प्राप्ति हुई। डॉक्टरों ने हिदायत दी कि नवजात शिशु को सघन चिकित्सा की निगरानी में रखा जाएगा और सौदामनी देवी का भी उपचार होगा- हॉस्पिटल में दोनों को अभी कुछ समय के लिए और रहना पड़ेगा। मृणालिनी देवी ने सबको आश्वस्त करते हुये जच्चा और बच्चा, दोनों की देख-रेख का जिम्मा अपने ऊपर ले लिया।

नरेन बाबू और मल्लिक बाबू ने उपचार में कोई भी कमी नहीं छोड़ी थी- डॉक्टर-नर्स की फीस, दवाइयों के खर्चे में पैसा पानी की तरह बहाया गया। लेकिन अब जब सब ठीक हो गया तो सबको शांति मिली। मृणालिनी देवी ने नरेन बाबू के सामने प्रस्ताव रखा कि सौदामनी एवं शिशु को हॉस्पिटल से केष्टोपुर ले जाया जाए, तो मल्लिक बाबू ने विनती की कि वो चाहते हैं कि अपनी बेटी और नवासे को गंगापुर से हवन-पूजन करवा कर विदा करें क्यूंकि सौदामनी प्रसव के लिए गंगापुर आई थी। अतः हॉस्पिटल से छुट्टी मिलने पर सभी लोग गंगापुर आ गए- जहाँ मल्लिक बाबू ने हवन-पूजन का आयोजन किया- पूरे गाँव में भोज करवाया, गरीबों को दान दिया, ब्राह्मणों को दक्षिणा दी और नरेन बाबू सौदामनी और शिशु के लिए वस्त्र और आभूषण, ढेर सारे उपहार दिये। केष्टोपुर के नौकर-चाकरों के लिए भी बख़्शीश दी। रायचौधरी बाबू, आनंदी देवी और मृणालिनी देवी के लिए वस्त्र, आभूषण और उपहार के लिए जब बात छिड़ी तब तीनों ने ही कहा कि वृंदावन के आश्रम में अनुदान दे देवें, ताकि मानव-सेवा में काम आए।

मल्लिक बाबू इस प्रस्ताव पर अभिभूत हो गए और कहा कि वो सपरिवार वृंदावन जाकर आश्रम में जो भी सेवा के प्रकल्प चल रहे हैं उनमें यथा-योग्य अनुदान देंगे। वृंदावन की चर्चा चली तो कृष्ण भक्ति के रंग में शिशु का नामकरण हुआ- 'नन्द किशोर'।

अध्याय - 16

"तो यह नन्द किशोर ही नंदू बाबू हैं, जिनका ज़िक्र दादी करती रहती हैं!"- कुंडू बाबू की बात को काटते हुये मैंने प्रश्न किया। उत्तर में उन्होंने हामी भरी कि- "ये नंदू बाबू ही हैं! इनका जन्म क्यूंकि समय से पहले यानि कि आठवें महीने में ही हो गया था, इसलिए बचपन में बहुत स्वास्थ्य संबंधी समस्याएं थीं- कमज़ोर थे, देर से बैठना सीखा, देर से चलना इत्यादि। सौदामनी देवी के पास तो नंदू बाबू को देखने के लिए समय नहीं होता था- क्यूंकि वो तो अपने वस्त्र और आभूषणों में ही व्यस्त रहती थीं इसलिए भाभी माँ ही नंदू बाबू का ख्याल रखती थी- उनको समय पर दवा देनी, पौष्टिक भोजन खिलाना और सबसे जरूरी है बच्चे को ममता दुलार मिलना, जो उनको अपनी जन्म देने वाली माँ की जगह भाभी माँ से मिलता था।

क्यूंकि नरेन बाबू मृणालिनी देवी को माँ कहते थे इसलिए नंदू बाबू ने उनको दादी कहकर पुकारना सीखा नंदू अपनी दादी के साथ रहता और उनके पास ही सोता था। प्रेम और ममता जहाँ मिलेगी बच्चा तो वहीं रहेगा। सौदामनी देवी ममता तो जानती नहीं थी केवल अधिकार जानती थी- सो बच्चे को अपने पास सुलाने-खिलाने के लिए बुलाती और ना आने पर डांटती, जिससे नंदू उनसे भय के कारण और दूर रहने लगा।

हवेली में मृणालिनी देवी के लिए सौदामनी ने नौकरों के कमरे में से एक कमरा दे दिया, यह कहकर कि वृंदावन में भी वो जमीन पर सोती थीं, इसलिए भाभी माँ की पसंद के अनुसार ही उनके रहने और खाने-पीने का इंतजाम किया गया है। मृणालिनी देवी को कोई शिकायत नहीं थी- बस नरेन बाबू को और माँ-बाबा को बुरा लगता था- लेकिन सौदामनी से कलह कौन मोल ले। नंदू भी ज़िद करके

दादी के पास ही रहता और खाता था। सौदामनी को अपने बेटे का यूं नौकरों के बीच खाना-पीना-सोना अखरता था।

नंदू तो अपनी दादी के साथ उनके कमरे में रहता था और उनका सादा भोजन खाता था- यह सब सौदामनी को बुरा लगता था। एक दिन उसने ठान लिया कि वह अब नंदू को अपने कमरे में रखेगी और अपने साथ ही अच्छे-अच्छे खान-पकवान खिलाएगी। लेकिन जैसे औरतों में त्रिया-हठ होता है वैसे ही बच्चों में बाल-हठ होता है। दोनों ही अपनी-अपनी ज़िद पर अड़ गए। गुस्से में सौदामनी ने नंदू को पीटना शुरू कर दिया- नंदू रोता रहा, लेकिन भोजन का एक दाना भी नहीं खाया। आनंदी देवी से यह देखा ना गया सो मृणालिनी को बुलाकर नंदू को ले जाने को कहा। सौदामनी ने भी तब ठान लिया कि वह नंदू को अपने साथ गंगापुर ले जाएगी, ताकि वह मृणालिनी से दूर रहे। उसने नरेन बाबू को नंदू के साथ गंगापुर जाने के लिए मना लिया। सोचा कुछ दिन रंग रौनक की जिंदगी में उसका लड़का सुधर जाएगा।

सौदामनी देवी नंदू को लेकर गंगापुर आ गई। लेकिन हर बात पर नंदू के मुंह से दादी का नाम सुनकर सौदामनी चिढ़ जाती थी और कभी-कभी तो गुस्से में आकर नंदू की पिटाई भी कर देती थी। बाल-सुलभ मन पर अपनी जन्मदायनी माता का ये रुष्ट एवं दुष्ट व्यवहार अमिट छाप छोड़ रहा था। पीहर आते ही सौदामनी की फिर वही लापरवाही- बच्चे को समय पर दवा एवं खाना नहीं मिलने से उसका स्वास्थ्य बिगड़ने लग गया।

गंगापुर में आकर सौदामनी बिल्कुल स्वच्छंद हो जाती थी- कोई किसी चीज की फिक्र नहीं रखती थी। बारिश का मौसम था और घर में सब चाय पकौड़े का नाशता कर रहे थे- नंदू बाहर बागीचे में बारिश में खेलने लगा। वापस लौटकर आया तब पूरा भीगा हुआ था। रात होते-होते उसे हल्का ज्वर था। अगले दिन सोता रहा और कुछ खाया भी नहीं- केवल अपनी माँ को बोलता रहा कि "दादी के पास जाना

है मेरी तबीयत ठीक नहीं है।" सौदामनी उसे डांटकर चुप करा देती थी- और अपनी गप्पों और नाश्ता-पानी में व्यस्त हो जाती। धीरे-धीरे ज्वर ने जड़ पकड़ ली और नंदू को तेज बुखार के साथ खांसी भी शुरू हो गई। रात भर खाँसता रहता था- उसकी खांसी की आवाज सुनकर मल्लिक बाबू ने डॉक्टर बुलाया जिसने हॉस्पिटल ले जाने को कहा। तबीयत ज्यादा खराब होने पर हॉस्पिटल में भर्ती कराया गया।

केष्टोपुर जब यह खबर पहुँची तो नरेन बाबू भागे-भागे आए। अपने बेटे की दशा देखकर उन्हें सौदामनी की बात मान लेने का पछतावा हुआ। डॉक्टर ने पाँच वर्ष के बच्चे नंदू को टी.बी. का असाध्य रोग बता दिया। सबके पाँव तले जमीन ही खिसक गई। नरेन बाबू को बड़ा क्रोध आया- अब कि बार उन्होंने अपने सास-ससुर को भी सुना दिया कि आपने जो अपनी बेटी को उसकी गलतियों में सहयोग दिया है- यह सब उसी का नतीजा है। आपको तो सारी गलती मेरी भाभी माँ में ही नजर आई थी- लेकिन अब वास्तविकता देख लीजिये। मल्लिक साहब चुपचाप शर्मिंदा होकर नरेन बाबू की बात सुनते रहे।

बालक नन्द किशोर की सघन चिकित्सा हुई इंग्लैण्ड के डॉक्टरों से भी परामर्श कर के वहाँ से भी दवाइयाँ मँगवाई गई। मृणालिनी देवी तो नंदू के साथ हॉस्पिटल में ही रहीं- नंदू भी अपनी दादी को अपने पास देखकर अच्छा महसूस कर रहा था। कुछ दिनों में जब जीवन का संकट दूर हुआ तब डॉक्टरों ने सलाह दी कि बच्चे को टी.बी. सेनेटोरियम में निपुण चिकित्सकों की देख-रेख में रहना होगा। टी.बी. क्यूंकि उस समय तक लाइलाज थी और छुआ-छूत से भी फैलती थी इसलिए मरीज के साथ निकट संबंधी भी साथ में रहने को हिचकते थे- लेकिन मृणालिनी देवी के लिए तो नंदू प्राणों से भी अधिक प्यारा था। इसलिए उन्होंने ज़िद की, कि नंदू के साथ वहीं रहेंगी- नंदू बाबू भी तो यही चाहते थे। इसलिए मृणालिनी देवी और नंदू बाबू का हिमालय की वादियों में बने उत्तम सेनेटोरीयम में व्यवस्था

कर दी गई। यह काम भी नरेन बाबू ने कुंडू बाबू को साथ ले जाकर सारी व्यवस्था स्वयं देख-भाल कर करवा दी।

टी.बी सेनेटोरियम हिमालय की रमणीय वादियों के बीच था। नंदू का उपचार ठीक से चल रहा था। नंदू की देखभाल के अलावा मृणालिनी के संगी साथी थे वहाँ के नजारे। वो दूर बर्फ से ढके पहाड़, पास की वादियों में चीड़ के ऊँचे-ऊँचे पेड़, पहाड़ों से गिरते छोटे-छोटे झरने, जो घाटी में बहती जलधारा में मिलकर गुम हो जाते थे। मृणालिनी की खुशियाँ भी बिरेन के जाने के बाद गुम हो गईं। "कैसी अभागिन हूँ कि जिसको भी चाहा वही दूर हो जाता है!"- ऐसी सोच आते ही अपना सिर झटक देती थी। फिर अपनी पेंसिल और कागज लेकर चित्र बनाने लग जाती। पहाड़ों का चित्र बनाते-बनाते पहाड़ों के बीच बिरेन का चेहरा बनता था, तो पेड़ों के बीच से नरेन का चेहरा झाँकता होता और घाटी में नंदू का मुस्कुराता चेहरा चारों ओर नजर आता था।

कुंडू बाबू वहाँ प्रति माह जाकर सारा प्रबंध देख आते थे- नरेन बाबू भी समय निकालकर अपने बेटे और भाभी माँ से मिल आते थे। कुंडू बाबू ने मुझे बताया कि इन सब घटनाओं का रायचौधरी बाबू और आनंदी देवी के ऊपर भी बड़ा बुरा प्रभाव पड़ा। उनसे मिलने और हाल-चाल पूछने राधाग्राम से मृणालिनी देवी के माँ-बाबा सेन दम्पत्ति आ जाते थे। दोनों बुजुर्ग दम्पत्ति अपने दुःख-सुख की बात कर दिल हल्का कर लेते थे। नंदू की बीमारी ने रायचौधरी बाबू को बिरेन की बीमारी और निधन की याद से ताजा कर दिया था, इसीलिए उनको हाई बी.पी. रहने लगा- और एक दिन सुबह जब वो समय पर नहीं उठे तो आनंदी देवी ने उनको जगाने की कोशिश की लेकिन वो तो चिर-निद्रा में सो चुके थे। नरेन बाबू पर तो पहाड़-सा टूट पड़ा। बेटे की बीमारी और इधर बाबा का निधन- घर में जैसे बीमारी और मौत ने डेरा जमा लिया। आनंदी देवी बड़ी सरल स्वभाव की थी- बेटे बिरेन की जुदाई का गम तो उन्होंने सह लिया क्यूंकि पति का साथ

था लेकिन जब पति से जुदाई हो गई तब हिम्मत ही टूट गई और उन्होंने बिस्तर पकड़ लिया।

केष्टोपुर में इतना कुछ घट रहा था- नरेन बाबू के कहने पर कुंडू बाबू ने बड़ी सफाई से मृणालिनी देवी को बाबा के निधन और माँ के अस्वस्थ होने का समाचार बताया। उनकी भी मजबूरी थी- नंदू को छोड़कर वो कहीं जा नहीं सकती थी। इधर राधाग्राम में भी सेन बाबू और मंदाकनी देवी पर बढ़ती उम्र का असर होने लगा। बेटी मृणालिनी से मिलने सेनेटोरियम गए और अपनी चिंता बताई कि उनके निधन के बाद सब कुछ बेटी को मिले ऐसी इच्छा जाहिर की। मृणालिनी देवी ने अपने माँ-बाबा को कहा कि उनके बचपन में लालन-पालन में कोई कसर नहीं थी- कसर थी तो बस शिक्षा की, यदि उसे भी पढ़ने का मौका मिलता तो वह नरेन बाबू के व्यापार में मदद कर सकती थी। इसलिए उसकी इच्छा है कि राधाग्राम में जो जायदाद उसको मिले उस का बालिकाओं का विद्यालय बनाया जाये। सेन बाबू तो अपनी बेटी के विचारों से पहले से ही प्रभावित थे सो उन्होंने कहा कि नरेन बाबू से सलाह कर वो मृणालिनी देवी की इच्छानुसार कार्य करेंगे। माँ-बाबा से मिलकर और उनके सहयोग की बात सुनकर मृणालिनी देवी गद्-गद् हो गईं।

कुंडू बाबू ने बताया कि फिर थोड़े समय के अंतराल पर आनंदी देवी, सेन बाबू और मंदाकनी देवी का निधन हो गया। मरने से पहले सेन बाबू ने अपनी बेटी की इच्छानुसार वसीयत बना दी। नरेन बाबू ने भी सारी जायदाद का धन संग्रह कर राधाग्राम में एक कन्या महाविद्यालय बनवा दिया। कुंडू बाबू ने फिर बड़ा रहस्यमयी चेहरा बनाते हुये कहा कि- "तुमने मेरे बारे में तो पूछा ही नहीं- चलो मैं ही बता देता हूँ- मेरी भी शादी हुई और मेरी पत्नी ही राधाग्राम के विद्यालय की प्रधानाध्यापिका है।" फिर हम दोनों खुश होकर हँसने लगे- मैं अपनी हँसी से झेंप भी मिटा रहा था।

कुंडू बाबू फिर संजीदा होकर नंदू बाबू के टी.बी. सेनेटोरियम में हो रहे इलाज के बारे में बताने लगे। इलाज के कारण तबीयत में सुधार हो रहा था- मृणालिनी देवी ने वहाँ भी अपने सेवा व्रती व्यवहार से सबका मन मोह लिया- वो केवल नंदू बाबू की ही देख-रेख नहीं करती थी बल्कि दूसरे रोगियों की भी सेवा करती थी। मृणालिनी देवी की कहानी कुंडू बाबू की जुबानी लिखते-लिखते काफी देर हो गई थी, मेज पर खाने का टिफिन था- खाने को गरम किया और खाना खाकर पलंग पर लेट गया। नंदू बाबू की बीमारी और मृणालिनी देवी की सेवा के बारे में सोचते-सोचते नींद आ गई। सुबह उठकर नित्य-कर्म किए, और लिखने बैठ गया।

अध्याय - 17

कुंडू बाबू ने बताया कि पाँच वर्ष तक टी.बी. सेनेटोरियम में इलाज कराने के बाद डॉक्टरों ने नंदू को रोग मुक्त घोषित कर दिया- फिर भी सावधानी बरतने की सलाह दी। मृणालिनी देवी खुशी-खुशी नंदू को लेकर अपने घर केष्टोपुर आ गईं, और नंदू को उसके माता-पिता को सौंप कर वृंदावन जाने की बात कही। नरेन बाबू ने कुछ समय के लिए उनको नंदू के साथ ही रहने को कहा- इधर नंदू भी दादी के अलावा किसी और के साथ रहने को तैयार नहीं था। नरेन बाबू और मृणालिनी देवी अपने नंदू के स्वास्थ्य के बारे में चिंतित थे उधर सौदामनी देवी को इन सब बातों में कोई दिलचस्पी ही नहीं थी- वो तो मृणालिनी देवी का बसा-बसाया वृंदावन का आश्रम हथियाने की योजना बना रही थीं।

जब उसने सुना कि उनके पिता मल्लिक बाबू ने आश्रम में अनुदान देना है- उसने अपने पिता को पहले तो कुछ भी देने से मना कर दिया ताकि मृणालिनी देवी का आश्रम और अच्छा ना बन पाये- लेकिन जब मृणालिनी देवी नंदू के साथ टी.बी. सेनेटोरियम चली गईं तब सौदामनी ने सोच लिया कि अब आश्रम पर कब्जा जमा लिया जाये। सबसे पहले तो उसने अपने पिता को कहकर गंगापुर से अपने पीहर के भरोसे के मुनीम को आश्रम के खर्चे-पानी का जिम्मा दिलवा दिया। कुंडू बाबू को यह कहा कि वो तो सेनेटोरियम के खर्चे और आने-जाने में व्यस्त रहते हैं अतः वृंदावन का आश्रम गंगापुर के घोष बाबू की निगरानी में रहेगा। बेचारी वृंदा की भी हैसियत कम कर दी गई- अब तो आश्रम में वही होता जो सौदामनी कहती थी।

योजना के अनुसार मृणालिनी देवी को केष्टोपुर में नौकरों के साथ रहना और सौदामनी की हुकूमत मानने के अलावा कोई रास्ता नहीं

छोड़ा गया। लेकिन मृणालिनी देवी तो इन संसारी कुचक्रों से बहुत ऊपर की सोच रखती थी। उनका पूरा ध्यान नंदू की सेहत पर ही रहता था। नरेन बाबू भी सौदामनी की रग-रग से वाकिफ हो चुके थे, इसलिए उन्होंने भी मृणालिनी देवी और नंदू के लिए एक योजना बनाई।

नंदू को तो अपने बड़े भाई बिरेन की तरह डॉक्टर बनाने का उनका सपना था- इसके लिए कलकत्ता और इंग्लैंड में पढ़ने का इंतेजाम किया। मृणालिनी देवी के लिए कलकत्ता में एक हवेली खरीदने को कुंडू बाबू से कहा गया। बहुत जल्दी ही एक अंग्रेज की हवेली जो बिकाऊ थी वह खरीद ली गई- हवेली में यूरोपियन सामान लगा हुआ था- हवेली बहुत शानदार थी।

सौदामनी को जब पता चला कि मृणालिनी के लिए कलकत्ता में हवेली खरीदी जा रही है तब उसने काफी प्रतिवाद किया। नरेन बाबू ने उसे आगाह किया कि- यह नहीं भूलना चाहिए कि बड़े भाई बिरेन जो आधे हिस्से के हकदार थे उसकी मालिकाना हक रखने वाली मृणालिनी देवी हैं यहाँ तक कि मेरा हिस्सा भी भाभी माँ का है। ये सुनते ही सौदामनी ने बिफर कर अपने पिता से बात की, तो मल्लिक बाबू ने भी समझाया कि- नरेन बाबू ठीक बोल रहे हैं, और इस मामले में विवाद करने पर नुकसान ही होगा। बेचारी सौदामनी अपना मन मसोस कर रह गई।

कलकत्ता रहने का सिर्फ एक ही प्रयोजन मृणालिनी देवी के लिए था- वह था नंदू बाबू के साथ रहना, उसकी देख-भाल करना। कुंडू बाबू भी अब कलकत्ता रहने लग गए और कलकत्ता हवेली की व्यवस्था देखने लगे। हवेली में भूतल पर मृणालिनी देवी के रहने का प्रबंध किया गया, भूतल पर बड़ा हॉल, एक सोने का कमरा, रसोई, स्नानघर और प्रथम तल पर नंदू बाबू के लिए दो कमरे- एक में स्टडी और दूसरे में सोने का इंतेजाम किया गया। ऐसे ही दो कमरे नरेन बाबू के लिए तैयार किए गए मुख्य द्वार के पास कुंडू बाबू को

एक कमरा रहने को दिया और एक कमरा ऑफिस बना दिया। वृंदा के लिए भी एक कोठरी रसोई के पास में इंतजाम कर दिया।

मृणालिनी देवी स्वयं नंदू के पसंद का खाना बनाती थी और समय पर खाना-पीना-दवा देने का ध्यान रखती थी। जैसे-जैसे नंदू की कलकत्ते की पढ़ाई पूरी होने के बाद इंग्लैण्ड जाने का समय पास आ रहा था- मृणालिनी देवी की बेचैनी बढ़ती जाती थी। नन्द किशोर पढ़ाई में बिरेन बाबू की तरह ही कुशल था- उसकी बातों एवं हाव-भाव में भी बिरेन बाबू की झलक दिखाई पड़ती थी- यह देखकर नरेन बाबू और भाभी माँ दोनों ही प्रसन्न होते थे।

आखिरकार कलकत्ता की पढ़ाई पूरी हुई और नंदू की विदेश जाने की घड़ी आ गई। पहले तो वह कुंडू बाबू के साथ केष्टोपुर जाकर नरेन बाबू और सौदामनी देवी से मिला। मंदिर में अपनी कुलदेवी माँ काली के दर्शन किए, पूजा-अर्चना कर कुशलता का आशीर्वाद लिया। नाना-नानी से गंगापुर जाकर मिला और कलकत्ता लौट आया। यात्रा की तैयारी में मृणालिनी देवी काफी व्यस्त हो गई- पहनने के कपड़े, दवा, किताबें और न जाने क्या-क्या जो उनके नंदू को पसंद था- सब कुछ सामान में बंधवा दिया- कुंडू बाबू ने कॉलेज के एडमिशन के कागज, डॉक्टरों के प्रिस्किपशन इत्यादि महत्वपूर्ण कागज संभालकर नंदू को दे दिये- फिर नंदू दादी का आशीर्वाद लेकर इंग्लैण्ड रवाना हो गया।

अध्याय - 18

नंदू के विदेश चले जाने के बाद मृणालिनी देवी के पास कोई विशेष काम नहीं होता था सो नरेन बाबू से बात कर तीर्थयात्रा पर जाने की इच्छा बताई। नरेन बाबू तो हमेशा अपनी भाभी माँ को खुश रखना ही अपना कर्तव्य समझते थे- सो वृंदा के अलावा एक नौकर को भी साथ में कर दिया और ट्रेन की प्रथम श्रेणी की टिकिट मँगवा दी। कलकत्ता से गया, काशी, प्रयागराज, हरिद्वार, बद्रीनाथ, केदारनाथ, गंगोत्री, यमनोत्री इत्यादि तीर्थ के दर्शन करने के बाद दिल्ली पहुँचे।

यात्रा में कहीं तकलीफ हुई तो कहीं आनंद आया जैसे काशी में गंगा तट पर मणिकर्णिका घाट कि जलती चिताओं का दृश्य और वहीं हरिद्वार में हरि की पौड़ी पर गंगा आरती का नजारा। दोनों में अग्नि देव प्रज्वलित थे, एक तरफ मुर्दा तन शुद्ध हो रहा था और दूसरी ओर जागृत मन। लेकिन मृणालिनी देवी ने जो मूल बात देखी वह थी भारत के लोगों में ईश्वर के प्रति श्रद्धा- वह कूट-कूट कर भरी थी। वह श्रद्धा किसी रूप, नाम या गुण से बंधी नहीं है- काशी में जो भगवान शिव के प्रति है, बद्रीनाथ में वही नारायण के प्रति है। गंगा और हिमालय जैसे प्रकृति के रूप के प्रति है, तो गया में अपने दिवंगत पूर्वजों के प्रति है। यह श्रद्धा ही है जो प्रेम की चाशनी में डूबकर भक्ति बन जाती है- और भक्ति ही है परमानंद का मार्ग।

यात्रा में भांति-भांति के यात्री भी मिले- पता चला कि हमारा सुख या दुःख तो कितना छोटा है दूसरों के सामने, बस हमने ही तिल का ताड़ बना दिया है। इस तीर्थयात्रा से मन में और इच्छा हो गई दक्षिण और पश्चिम भारत के तीर्थों के दर्शन करने की- सो दिल्ली में जब कुंडू बाबू उनसे मिले तो उनको अपनी इच्छा बता दी। इसीलिए सब लोग जब कलकत्ता लौटकर आ गए तो कुंडू बाबू ने नरेन बाबू से

बात करके आगे की यात्रा का प्रोग्राम भी बना दिया- सो जगन्नाथपुरी, सेतुबंध, रामेश्वरम, मीनाक्षी मंदिर, नासिक, सोमनाथ, द्वारका की यात्रा भी भजन गाते, दर्शन करते सम्पूर्ण हो गईं।

मृणालिनी देवी की तीर्थयात्रा की बातें सुनकर सौदामनी देवी को भी पर्यटन करने की सूझी। नरेन बाबू से जिद करके बेटे नंदू से मिलना और उसके कॉलेज को देखने के लिए इंग्लैण्ड जाने का प्रोग्राम बना लिया। इस बहाने कलकत्ता आना हुआ, मृणालिनी की हवेली देखकर तो छाती पर साँप ही लोट गया। ऐसे इंसान दूसरों के सुख को देखकर दु:खी होते हैं- उनको कभी भी सुख नहीं मिलता।

इंग्लैण्ड भ्रमण में बेटे से मिलना तो बहाना था, उसे तो वहाँ की वस्तुएँ खरीदनी थी और मृणालिनी देवी को चिढ़ाना था। खैर! यात्रा पूरी कर वह दम्पत्ति वापस भारत लौट आए। कलकत्ता पहुँचकर नरेन बाबू ने नंदू के पत्र जो उसने अपनी दादी को लिखा था, वह दिया। साथ ही नंदू ने एक श्वास लेने का पंप भेजा था- कारण, कि सेनेटोरियम में रहने के समय मृणालिनी देवी को दमे की बीमारी हो गई थी, फेफड़ों की शक्ति कम हो गई थी इसीलिए कभी-कभी सांस उखड़ जाती थी- सो एक पंप से दवाई को सांस द्वारा खींचना पड़ता था।

नंदू की चिट्ठी अपने कलेजे को लगाकर चूमते हुये नरेन बाबू से अनुरोध किया कि पत्र को पढ़कर सुना दें। नरेन बाबू ने देखा कि सौदामनी के सामने यह पत्र पढ़ना उचित नहीं होगा- क्यूंकि अपने इंग्लैण्ड के प्रवास में उसने नंदू के सामने भाभी माँ के प्रति जहर ही उगला था। अतएव पत्र को वापस देते हुये कहा कि- "भाभी माँ पत्र तो कुंडू बाबू से भी पढ़वा लेना अभी बहुत जोर से भूख लगी है, घर का खाना खाए कई दिन हो गए,सो खाना खिला दो।" मृणालिनी देवी उनके आने की खुशी में खाना परोसना तो भूल ही गई थी- तुरंत क्षमा मांगते हुए रसोई में भागी- वहाँ वृंदा पहले से ही खाने को

प्लेटों में सजा रही थी। मैं भी होटल से इडली-डोसा मंगाकर नाश्ता करने बैठ गया।

नरेन बाबू ने खाने के बाद भाभी माँ को नंदू की बातें विस्तार में बताईं, पढ़ाई में प्रथम आया और उच्च शिक्षा के लिए वहाँ के कॉलेज ने स्कॉलरशिप भी दी। मृणालिनी देवी का तो नंदू की बातें सुन-सुनकर मन प्रसन्न हो रहा था, फिर भी वो नरेन बाबू से पूछे जा रही थी- मन भर नहीं रहा था। नरेन बाबू ने अपने साथ खींचे नंदू के फोटो भी दिखाये- नंदू का कॉलेज, नंदू का कमरा और बहुत सारी जानकारी मिलने के बाद भी वो प्रश्न पर प्रश्न पूछे जा रही थी- तब नरेन बाबू ने कहा कि भाभी माँ आप नंदू के पास क्यूँ नहीं चली जाती हो- तब सौदामनी देवी ने टोक कर कहा कि वो कैसे वहाँ जा सकती हैं- उनका स्वास्थ्य ठीक नहीं है। नरेन बाबू और मृणालिनी उसकी बात का मतलब समझते थे- अतः बात को टाल दिया गया। कुछ दिनों के बाद नरेन बाबू और सौदामनी केष्टोपुर चले गए।

मृणालिनी देवी तो नंदू के पत्र को पढ़वा कर सुनने का बेसब्री से इंतजार कर रही थी- सो कुंडू बाबू को बुलाकर पत्र पढ़ने को कहा, कुंडू बाबू ने पत्र पढ़ा-

"मेरी प्यारी दादी माँ,

सादर चरण स्पर्श! बाबा से आपके बारे में सब खबर मिली- बाबा माँ के साथ एक फोटो में आपकी भी फोटो है- कितनी बूढ़ी और कमजोर हो गई हो- लगता है ढंग से खाना-पीना नहीं करती सो अच्छी बात नहीं है,आप अपना ख्याल नहीं रखोगे तो मेरा कौन रखेगा। माँ! हाँ माँ! मुझे इसी नाम से संबोधित करने दो इससे 'माँ' शब्द और गौरवान्वित होगा। बाबा ने आपको मेरी पढ़ाई और रहन-सहन के बारे में तो बता दिया होगा- क्यूंकि वह बातें साक्षात हैं, सबको दिखती हैं, लेकिन जो केवल आप देख सकते हो- वह है मेरी आपके प्रति श्रद्धा, जैसी आपकी वृंदावन के बिहारीजी के प्रति है। आपको बताऊँ! हमारी डॉक्टरी की पढ़ाई में रोग का अनुसंधान और निदान के बारे में

विस्तार से पढ़ाते हैं- लेकिन मैं उन किताबों में ढूंढकर भी पा नहीं सका कि उन भौतिक और रासायनिक समीकरण में जो गुण है वह कहाँ से और कैसे आता है? यदि कोई सर्दी की दवा है तो उस दवा में सर्दी के निदान का गुण कहाँ से आया?

माँ! आपको तो सब मालूम है मेरी टी.बी. की बीमारी का और उसके इलाज का- बताओ उस बीमारी से क्या आप नहीं लड़ रही थी मेरे साथ? मैंने इस विषय पर काफी सोचा और अपने शिक्षकों को मेरी बीमारी और इलाज के बारे में बताया। मुझे तो मेरे रोग से मुक्त होने में दवाओं से ज्यादा आपके प्यार का योगदान लगा। मेरे शिक्षकों ने भी माना कि मेरी धारणा ठीक है- इस पर काफी शोध हो रहा है। प्रेम में जो शक्ति है वह रोगी को एक ऊर्जा प्रदान करती है जिससे रोगी की प्रतिरोधक क्षमता बढ़ जाती है।

मैं आज आपसे इतनी दूर रहते हुये भी इस वैज्ञानिक वातावरण में आपके प्यार और ममता को अनुभव करता हूँ और उससे प्राप्त ऊर्जा से ही यहाँ अपनी कुशलता सबको प्रदर्शित कर पा रहा हूँ। आपके आशीर्वाद की शक्ति ही मेरी प्रेरणा है- डॉक्टर बनकर आपके पास लौटूँगा फिर आपसे मिले प्यार से जनता के रोग निवारण की सेवा करूंगा।

आपका नंदू"

कुंडू बाबू ने मुझे बताया कि उस पत्र से पता चला कि नंदू बाबू भले ही विदेश में थे लेकिन अपनी डॉक्टरी की शिक्षा में भी हमारी संस्कृति और आध्यात्मिकता से आधुनिकता को परख रहे थे। उनके प्रश्नोत्तर और लेखों के कारण वहाँ कई सभाओं में उनका सम्बोधन हुआ और उनकी प्रतिभा को बड़ा सम्मान मिला। डॉक्टरी की सर्वोच्च शिक्षा प्राप्त कर नंदू बाबू वापस कलकत्ता लौटकर आए। दादी ने हवेली को फूलों से सजवाया- नरेन बाबू और सौदामनी देवी भी कलकत्ता आए- नंदू बाबू का धूम-धाम से स्वागत किया।

नंदू बाबू का मृणालिनी देवी से मिलना बड़ा भावपूर्ण था- जैसे बीहड़ जंगल में हिरणी का बच्चा जो बिछुड़ जाता है और फिर अपनी माँ से मिलता है- ठीक वैसे ही हवेली पर पहुँचते ही नंदू बाबू दादी के चरणों में लोट गए, दादी ने उनको उठाकर गले लगाया- दोनों की आँखों से अविरल अश्रुधारा बहने लगी। "दादी, आप कितनी कमजोर हो गई हैं!"- नंदू बाबू ने कहा तो दादी ने भी नंदू को कहा- "तुम भी तो कितने कमजोर दिख रहे हो! अब अपने हाथों से घी के पकवान खिलाऊंगी।" नरेन बाबू अपने बेटे नंदू को देखकर विभोर हो रहे थे- उनको नंदू के रूप में अपने बड़े भाई बिरेन का रूप नज़र आता था। वही गोरा रंग, लंबा छरहरा बदन, घुँघराले बाल, पतली मूंछे और चेहरे पर मधुर मुस्कान।

डॉक्टर बनकर नंदू ने बिरेन बाबू का सपना पूरा कर दिया। परिवार का यह मिलन दृश्य तो कुंडू बाबू को आज तक तरो ताजा याद है। नंदू बाबू की कार्य-कुशलता एवं नई सोच के चर्चे कलकत्ता के मेडिकल काउंसिल में भी हो चुके थे, सो नंदू बाबू तो सेमिनार आदि में व्यस्त हो गए। कलकत्ता के सभी हॉस्पिटल और मेडिकल कॉलेज नंदू बाबू को अपने यहाँ बुलाते थे।

इधर नरेन बाबू ने अब भाभी माँ से नंदू के विवाह के बारे में बात की तो मृणालिनी देवी तो झूम उठी। गंगापुर के मल्लिक बाबू तो अपने नवासे के लिए रिश्तों की पूरी लिस्ट लिए बैठे थे। कलकत्ता में बसे कई नामी जमींदार घराने नंदू बाबू के रिश्ते के लिए आने लगे। नरेन बाबू और नंदू बाबू- दोनों के लिए मृणालिनी देवी की राय ही मुख्य थी। लेकिन मृणालिनी देवी तो सबका भला सोचती थी- अतः वो सौदामनी देवी की राय भी शामिल कर लेती थी। अंततः कलकत्ता के ही एक रायबहादुर घराने के डॉ॰ मृत्युंजय सरकार की सुपुत्री सौ॰ सुलक्षणा देवी के साथ नंदू बाबू यानी चि॰ नन्द किशोर रायचौधरी का विवाह होना तय हुआ।

कुंडू बाबू ने बताया कि उन्होंने अपने जीवन काल में फिर ऐसा विवाह नहीं देखा। केष्टोपुर, गंगापुर के सभी रिश्तेदार कलकत्ता आए और विवाह में शामिल हुये। दादी ने भी जो फोटुएँ मुझे दिखाई वो इस भव्य विवाह की गवाह थी। मैंने होटल का खाना विवाह की दावत समझकर खाया।

अध्याय - 19

केष्टोपुर के रायचौधरी परिवार में अब सब कुछ ठीक चल रहा था- नरेन बाबू और सौदामनी देवी केष्टोपुर में पूरी शान-शौकत के साथ रह रहे थे- जमींदारी और खेती-बाड़ी का काम अच्छा चल रहा था। गाँव और समाज में पूरी इज्जत और सम्मान था। अंग्रेज हुक्मरानों के साथ मधुर संबंध थे। इधर मृणालिनी देवी कलकत्ता में अपना शांत जीवन बिता रही थी। नंदू बाबू के विवाह के पश्चात् हवेली में रौनक रहती थी। नंदू बाबू ने अपनी मेडिकल प्रैक्टिस के लिए एक जगह और ले ली थी- लेकिन उनके लेख और भाषण मेडिकल के साथ-साथ स्वास्थ्य संबंधी कई सामाजिक चेतनाओं के स्वर बनने के कारण देश में उनको प्रसिद्ध कर रहे थे।

छुआ-छूत, झाड़-फूँक, भूत-प्रेत, टोना-टोटका आदि कई भ्रामक कुरीतियों के चलते जो समाज में उत्पीड़न और दुर्दशा हो रही थी उसके खिलाफ जागरण की रणभेरी उनके लेखों और भाषणों से बज रही थी। नई चेतना एवं रोशनी के युवक-युवती उन्हें अपना आदर्श मानने लगे। कुपोषण और महामारियों के खिलाफ भी नंदू बाबू ने मुहिम छेड़ दी थी- उनके सामाजिक प्रकल्प में कई लोग जुड़ने लग गए। नंदू बाबू अब केवल शरीर की बीमारियों के डॉक्टर नहीं रह गए बल्कि समाज की बीमारियों के भी डॉक्टर बन गए।

देश में स्वास्थ्य एवं स्वच्छता संबंधी जागरुकता बहुत कम थी। सदियों की अशिक्षा एवं कुप्रचार के कारण बीमारी को भी हम भगवान का प्रकोप मात्र मानते थे- जैसे चेचक होने पर शीतला माता का प्रकोप मानते हैं। यह सब बड़ा हास्यास्पद भी था और दुर्भाग्यपूर्ण भी था। डॉ॰ नंदू बाबू लोगों को अपनी जिंदगी के बारे में बताते थे कि कैसे उनको बचपन में टी.बी. हुई और इलाज के कारण वो बिल्कुल

ठीक हो गए। इलाज में काम आती है दवा जो वैज्ञानिक भी है और प्राकृतिक भी जैसे टी.बी. में दवा के साथ-साथ अच्छे हवा-पानी ने भी उपचार किया। दूसरी चीज जो काम आती है वह है दुआ- जो प्रेम हमें अपने स्वयं एवं अपनों से मिलता है वह है प्रेम शक्ति। डॉ॰ नंदू बाबू दोनों शक्तियों का संगम कर उपचार पद्दति बना रहे थे।

संयोग से उसी समय देश में अंग्रेजों की गुलामी से आजादी का आंदोलन जोरों पर था। कलकत्ता में क्रांतिकारी देशभक्त फांसी पर लटकाए जा रहे थे- साथ ही कई गणमान्य व्यक्ति अंग्रेजों से वार्ता कर आजादी प्राप्त करने का रास्ता ढूंढ रहे थे। एक प्रबुद्ध और सत्यनिष्ठ व्यक्ति होने के कारण देश में हो रही गतिविधियों से वो अलग नहीं रह पाये और स्वतन्त्रता संग्राम में शामिल हो गए।

डॉ॰ नन्द किशोर रायचौधरी का स्वाधीनता संग्राम में शामिल हो जाने की खबर ने स्वतंत्रता सेनानियों में खुशी की लहर दौड़ा दी, वहीं अंग्रेज हुकूमत को यह बात बुरी लगी। केष्टोपुर के इलाके के कलेक्टर ने नरेन बाबू को बुलाकर कहा कि वो नंदू बाबू को इस झमेले से दूर रहने को कहें। मगर नंदू बाबू तो अपने स्वभाव के अनुसार पूरी निष्ठा से आंदोलन में सक्रिय हो गए। घर और क्लीनिक पर लोगों का आना-जाना, बैठक में आंदोलन के दिशा-निर्देश के लिए चर्चा करना, पूरा चिंतन अब देश की स्वाधीनता के बारे में होने लगा। स्वास्थ्य संबंधी जितने भी प्रकल्प चल रहे थे- जो लेखन था, जो भाषण था- उन सब में अब देश की स्वाधीनता के लिए संघर्ष की बातें होने लग गईं। बात को ज्यादा बढ़ता हुआ देखकर नंदू बाबू के डॉक्टर मित्रों ने उनसे चर्चा की- फलस्वरूप वो डॉक्टर भी नंदू बाबू की बातों के तर्क से रजामंद हो गए।

अब तो डॉक्टरों जैसे पढ़े लिखे पेशेवर भी खुलकर स्वाधीनता आंदोलन में कूद पड़े थे। बात को बढ़ती हुई देखकर अंग्रेजों ने नंदू बाबू को घर में ही नजरबंद कर दिया। हवेली के बाहर पुलिस का पहरा बैठ गया। नरेन बाबू केष्टोपुर से भागे-भागे आए, बेटे को

समझाने के लिए भाभी माँ को भी कहा। मृणालिनी देवी ने नरेन बाबू की बात सुनकर नंदू बाबू को अपने कमरे में बुलाया। नंदू बाबू ने अपनी बातें अपनी दादी और अपने बाबा को विस्तार से बताईं। उनको बताया कि कैसे हम भारतीय इन अंग्रेजों के गुलाम बनकर तन-मन-धन से लुट रहे हैं- उनके द्वारा हमारा शोषण हो रहा है।

बंगाल के किसानों द्वारा उगाया हुआ अनाज विश्वयुद्ध के समय इंग्लैण्ड को भेजकर यहाँ के लाखों लोगों को भूखे मरने पर विवश किया गया। अपने इंग्लैण्ड प्रवास में भी उनको देखता था कि हर क्षेत्र में उनसे कम ना होते हुये भी जो हमें नीचा दिखाया जाता है वह अपमान तो एक शाप है, अधर्म है। नंदू बाबू के दृढ़ निर्णय को देखकर दोनों चुप हो गए। जब परिवार में नंदू बाबू की नजरबंदी को लेकर तनाव था तभी सुलक्षणा देवी ने खुश-खबरी दी। मृणालिनी देवी और नरेन बाबू को लगा कि पत्नी के गर्भवती होने के समाचार से नंदू बाबू भी खुश होंगे- जो हुआ भी। नंदू बाबू ने बड़ी खुशी से ऐलान किया कि- "मैं अपने परिवार में आजाद भारत के नागरिक का स्वागत करता हूँ।"- इतना विश्वास था उनको देश की स्वाधीनता मिलने पर।

बढ़ती उम्र के कारण नरेन बाबू अंदर ही अंदर कमजोर होते जा रहे थे- सौदामनी देवी की नकारात्मक सोच एवं व्यवहार ने घर में हमेशा एक तनाव और क्लेश का वातावरण बनाकर रखा जिसका प्रभाव उनके स्वास्थ्य पर भी पड़ा। अब कलकत्ता में रहते नंदू बाबू के साथ प्रशासन के व्यवहार को देखते हुये नरेन बाबू की तबीयत ज्यादा बिगड़ गई। उनको हॉस्पिटल में भर्ती कराया गया। डॉक्टरों ने चेक-अप करने के बाद बताया कि उन्हें उच्च रक्त-चाप रहने लगा है, जो खतरनाक हो सकता है। नरेन बाबू को दवाइयों का नुस्खा लिखकर हॉस्पिटल से छुट्टी दे दी। मृणालिनी देवी की यह पहली परीक्षा नहीं थी- ऐसे समय को वह अपने इष्ट वृंदावन बिहारी की शरण में समर्पित कर देती थी- साथ में उनका शीतल व्यवहार एवं मन, कैसी भी विस्फोटक परिस्थिति को नियंत्रण में ले आते थे।

नंदू बाबू की नजरबंदी होने के कारण बाहर दुनिया से कोई संपर्क नहीं था। नंदू बाबू अपने पिता नरेन बाबू से भी हॉस्पिटल मिलने नहीं जा पाये। ऊपर से पुलिस वालों, गुप्तचरों की सघन पूछताछ ने उनको परेशान कर दिया। हवेली के कोने-कोने की तलाशी ली गई- कहीं कोई हथियार तो नहीं मिला। उनके स्वसुर रायबहादुर सरकार बाबू ने अंग्रेज प्रशासन के अपने संपर्क सूत्रों से भी तनाव को दूर करने के लिए बात की लेकिन कोई असर नहीं हुआ।

एक अंग्रेज पुलिस अफसर अपने दल-बल के साथ हवेली पर आकर नंदू बाबू से पूछताछ करने लगा। उसका रवैया बहुत ही सख्त और बदतमीजी से भरा था- वह नंदू बाबू से एक सजायाफ़ता मुज़रिम की तरह पेश आ रहा था। उन लोगों का मकसद था नंदू बाबू का उग्रवादी क्रांतिकारियों से संबंध सिद्ध करना जो असत्य था। नंदू बाबू अपनी शालीनता में पूरे सभ्यता से उसके प्रश्नों का उत्तर दे रहे थे- अचानक वह अफसर उठा और अपनी बेंत से पहले तो नंदू बाबू को मारने लग गया फिर उसने अपनी पिस्तौल निकालकर उनको डराने लगा।

मार-पीट और नंदू बाबू के मार खाने पर कराहने की आवाज जब मृणालिनी देवी ने सुनी तो भागी-भागी उस कमरे में पहुँची जहाँ वह अफसर पिस्तौल तानकर खड़ा था। मृणालिनी देवी को लगा जैसे किसी भी क्षण वह अफसर नंदू बाबू को गोली मार सकता है- उन्होंने आव देखा ना ताव, हाथ में सामने पड़े फूलदान को लेकर अफसर के सिर पर मार दिया। प्रतिरक्षा में उस अफसर ने मृणालिनी पर गोली चला दी। बस चंद क्षणों में ही यह कोहराम हो गया।

घायल मृणालिनी देवी और पुलिस अफसर को हॉस्पिटल ले जाया गया- भगवान की कृपा से दोनों की जान बच गई लेकिन अंग्रेज सरकार के लिए तो यह बड़ी बात हो गई। समाचार पत्रों ने भी इस घटना को काफी प्रमुखता से प्रकाशित किया। रातों रात मृणालिनी देवी

क्रांतिकारियों की नायिका बन गई- उनके हॉस्पिटल के बाहर जनता उनके समर्थन में जुट रही थी- नारे लगा रही थी।

इधर नरेन बाबू को जब यह हादसे का समाचार मिला तो उनको पक्षाघात का दौरा पड़ गया। नरेन बाबू को भी कलकत्ता के हॉस्पिटल में भर्ती कराया गया- यूं नंदू बाबू पर ढेर सारी मुसीबतें इकट्ठी आ गईं- लेकिन जितनी तकलीफें बढ़ रही थी, देशभक्ति का जोश उतना ही जोर हो रहा था।

यह सब बातें बताते हुये कुंडू बाबू के चेहरे पर तनाव दिखाई दे रहा था। नंदू बाबू और मृणालिनी देवी पर सरकारी काम में रोकथाम, सरकारी कर्मचारी पर जानलेवा हमला, देशद्रोह आदि न जाने कितने ही संगीन जुर्म के इल्जाम लगाकर केस फाइल कर दिये गए। मृणालिनी देवी तो हॉस्पिटल में उपचार करवा रही थी, वहाँ पुलिस का पहरा बैठा दिया। नंदू बाबू को अदालत में पेश कर के पुलिस रिमांड ले ली गई।

अंग्रेजों का दमनकारी प्रशासन अपनी पूरी शक्ति दिखा रहा था, पूरे देश में स्वाधीनता के लिए हो रहे जन-आंदोलन ने अंग्रेजों की हताशा बढ़ा दी थी- सो वो उस हताशा को नंदू बाबू जैसे सच्चे सेनानियों पर अत्याचार कर के निकाल रहे थे। नंदू बाबू को पुलिस ने बड़ी बर्बरता से पीटा, फलस्वरूप सिर में गंभीर चोट लगने के कारण वो बेहोश हो गए- तब पुलिस को होश आया। आनन-फानन में नंदू बाबू को हॉस्पिटल में भर्ती कराया गया- उनकी हालत काफी गंभीर थी। उनके ससुर सरकार बाबू इस घटना से काफी उद्वलित हो गए और बड़े-बड़े अंग्रेज अफसरों से जाकर मामले की शिकायत की- लेकिन मक्कार अधिकारी तो यहाँ मानवता का पाठ पढ़ने थोड़ी आए थे- उनका तो इतिहास ही दमन और धोखे से भरा था।

लेकिन स्वाधीनता के आंदोलनकारियों ने नंदू बाबू के समर्थन में प्रदर्शन-धरने किए। उधर नंदू बाबू के सिर की चोट बहुत गंभीर थी-

सिर में आंतरिक रक्त-स्राव के कारण उनकी हालत बिगड़ती जा रही थी, पूरे कलकत्ता के नामी डॉक्टर उनके उपचार में जी-जान से लगे थे। लेकिन होनी को तो कुछ और ही मंजूर था- एक सप्ताह तक जीवन-मौत के संघर्ष में जूंझते हुये आखिरकार नंदू बाबू बेहोशी में ही चिर-निद्रा में सो गए। उनकी मौत पर हजारों लोग कलकत्ता की सड़कों पर उतर आए और अंग्रेज सरकार के खिलाफ प्रदर्शन करने लगे। प्रशासन ने बल प्रयोग कर भीड़ को खदेड़ा और कर्फ्यू लगा दिया।

मृणालिनी देवी और नरेन बाबू का भी उपचार चल रहा था, मृणालिनी देवी अब सहारे से चल सकती थी लेकिन नरेन बाबू तो व्हील चेयर पर ही बैठकर कहीं जा सकते थे। दोनों को नंदू बाबू के निधन की दुःखद सूचना सुनाई गई। दोनों ही जड़ होकर बैठे रहे- जैसे काठ मार गया, अनहोनी हो गई- जो सोचा भी नहीं था, और अब इससे बुरा क्या होगा? कुंडू बाबू इन बातों को सुनाते हुये रोने लग गए थे, मेरी भी आँखें गीली हो गईं थीं।

वक्त ने आज फिर इतिहास दोहरा दिया। मृणालिनी देवी को लगा कि बिरेन बाबू पुनः इस घर में आए और फिर चले गए। नरेन बाबू को तो अपने लकवाग्रस्त शरीर पर अपने जवान बेटे की लाश का बोझ ढोना था- वाह रे नियति! तेरा कितना क्रूर मज़ाक है। ऐसी विपत्ति की घड़ी में गंगापुर के मल्लिक बाबू का परिवार भी बहुत काम आया- सरकार बाबू के साथ मिलकर इन दोनों संबंधी गणों ने कलकत्ता के पूरे प्रशासन को हिलाकर रख दिया- आखिरकार उनको सबसे बड़ा नुकसान हुआ था नंदू बाबू के बलिदान पर। मृणालिनी देवी और नंदू बाबू पर लगाए केस को वापस लिया गया- नंदू बाबू का अंतिम संस्कार केष्टोपुर में हुआ क्यूंकि प्रशासन को कलकत्ता में न्याय व्यवस्था की समस्या दिख रही थी। कुंडू बाबू ने यह सब वृतांत रोते-रोते बताया, वास्तव में जो हुआ बहुत बुरा हुआ।

अध्याय - 20

मुझे याद आया वो दिन जब एक बड़ी गाड़ी आकर कलकत्ता के घर के दरवाजे पर रुकी- उसमें से एक महिला और एक नवयुवक उतरे। कुंडू बाबू उनके साथ में थे- वो मृणालिनी देवी से मिलने आए थे। हम सब नीचे झांककर उन्हें देख रहे थे। दादी के चेहरे पर इतनी खुशी हमने पहली बार देखी- साथ ही उत्तेजना का माहौल था। आव्युंतकों को दादी गले लगाकर स्वागत कर रही थी। मैं नीचे उतरकर कुंडू बाबू के पास खड़ा होकर देखने लग गया। दादी ने कुंडू बाबू को कहा- "देखो यह नंदू का बेटा मृणाल आया है, साथ में इसकी माँ- नंदू की पत्नी सुलक्षणा भी है। मृणाल कितना बड़ा हो गया, अमेरिका में रहकर तो और भी गोरा हो गया है।" हमने दादी को पहली बार कमरे के बाहर खड़े होकर बातें करते देखा- फिर वो सब अंदर चले गए- बाहर फिर से एक खामोशी छा गई थी।

यह सब मकान में पानी भरने और दादी का हम सबसे घुलने-मिलने से कुछ दिनों पहले की घटना थी। क्यूंकि अब मैं कुंडू बाबू से और दादी से भी खुलकर बातें कर लेता था तो मैंने यह जानने की कोशिश की कि नंदू बाबू के निधन के बाद से लेकर अब तक क्या हुआ?

नरेन बाबू तो अपने जड़ हुये शरीर से अपने हृदय-पुष्प नंदू बाबू की चिता को मुखाग्नि देकर, सारी दुनिया से अपना सरोकार त्याग कर केष्टोपुर की हवेली में चले गए। लेकिन मृणालिनी देवी तो जीवन की सच्चाई से लड़ना बखूबी जानती थी- उसे परिवार का भविष्य सुलक्षणा देवी के गर्भ में पल रहे नंदू बाबू के शिशु में नजर आ रहा था। अतः वो सुलक्षणा देवी को साथ लेकर कलकत्ता आ गईं। सौदामनी देवी नरेन बाबू के साथ केष्टोपुर में ही रह गईं। कलकत्ता

वापस आने के बाद जब अपने कमरे में अकेली बैठी तब मृणालिनी देवी को पूरी दुनिया घूमती नजर आई।

गत दिनों की घटनाएँ इतनी अप्रत्याशित थीं और एक के बाद एक जल्दी-जल्दी होती रहीं कि दिमाग ही सुन्न हो गया। उनका दिल का टुकड़ा नंदू अब दुनिया में नहीं रहा। दो बार वो उसे मौत के मुंह से छीनकर लाई थी- लेकिन तीसरी बार हार गईं। पहली बार तो नंदू के पैदा होने पर और दूसरी बार जब नंदू को टी.बी. हुई थी- दोनों बार लड़ी थी वो मौत से, फिर इस बार भी तो उस अफसर को मारकर नंदू बाबू के सामने तानी हुई पिस्तौल की गोली खुद अपने पर खाई थी- तब भी यह चुड़ैल मौत नंदू बाबू को छीनकर ले गई। यह सब सोच-सोच कर मृणालिनी देवी का कलेजा रह-रह कर मुंह को आ रहा था। पिछले कई दिनों से अन्न नहीं खाया- पहले तो अपने उपचार के लिए हॉस्पिटल में थीं फिर नंदू बाबू की मौत की खबर सुनकर तो सांस लेने का मन नहीं करता था- खाना तो दूर की बात है।

यूं सोचते-सोचते और रोते-रोते पूरा दिन बीत गया, कमरे में अंधेरा हो गया पता ही नहीं चला। जब वृंदा ने आकर कमरे में रोशनी की और खाने के लिए पूछा तो मृणालिनी देवी ने मना कर दिया। वृंदा ने कहा कि- "आप नहीं खाओगे तो सुलक्षणा भी नहीं खाएगी, और उसका खाना जरूरी है!" मृणालिनी देवी को इस अंधेरे में वही तो एक टुकड़ा धूप का नज़र आ रहा था- बल्कि अपने जीवन का मकसद भी। इसलिए वो तुरंत उठी और सुलक्षणा को देखने उसके कमरे में गईं। वृंदा को दोनों का खाना लगाने को कहा।

सुलक्षणा बड़ी ही सुशील, सुसंस्कृत और पढ़ी लिखी थी। मृणालिनी देवी उसे अपनी बेटी ही मानती थी। पहले तो गले लगाकर दोनों खूब रोईं- फिर दिल हल्का होने पर उसको जबरदस्ती खाना खिलाया। कुंडू बाबू को सरकार बाबू के घर भेजकर बुलवाया, कहा- "यहाँ कि हवेली का माहौल बड़ा गमगीन है, सो सुलक्षणा को अपने घर ले जाएँ ताकि मायके में मन बहल जाये क्यूंकि यूं दिनभर उदास

रहना गर्भस्थ शिशु के लिए उचित नहीं है और उसके स्वास्थ्य पर भी बुरा असर पड़ेगा।" सरकार बाबू अपनी बेटी सुलक्षणा को अपने घर ले गए।

नंदू बाबू के निधन की सूचना यूं तो मुझे पचास वर्ष पहले कुंडू बाबू ने बताई थी- लेकिन इस विषय में लिखते हुये आज भी मन बोझिल हो जाता है। धन्य थी हमारी दादी यानि कि मृणालिनी देवी जो अपने पूरे जीवनभर संसार की खुशियों के खो जाने पर भी उन्हें अपने आस-पास खोज लेती थी। पूरे आसमान में दुःख के बादल छाए रहने पर भी सुख का 'एक टुकड़ा धूप का' ढूंढकर अपने परिवार की बगिया को हरा-भरा रख लेती थी। जिंदगी तो वक्त के साथ चलती रहती है- हम चलें न चलें। मृणालिनी देवी भी अपने इसी सिद्धान्त पर चलती थी।

बिरेन बाबू को खो देने पर नरेन बाबू की खुशी- फिर नंदू की परवरिश और अब नंदू के निधन के बाद उसके बच्चे के लिए सुलक्षणा का ध्यान रखना- यह सब तपस्या निस्वार्थ, निष्काम भाव से दूसरों के लिए करती थीं। अपनी जिंदगी के सूनेपन को दूसरों के सपनों और सुख से ही भर लेना- यह चरित्र क्या है? पूजनीय है, वंदनीय है।

अध्याय – 21

मृणालिनी देवी पूरी श्रद्धा एवं निष्ठा के साथ सुलक्षणा की देख-रेख में लग गईं। साथ ही नंदू बाबू का देश के प्रति बलिदान भी काम आया, देश की आजादी की घोषणा हो गई और जिस दिन स्वतंत्र भारत के भाल पर तिरंगा लहराया उसी दिन ही सुलक्षणा देवी ने एक पुत्र को जन्म दिया।

नंदू बाबू की आजाद भारत के नागरिक की भविष्यवाणी सत्य हुई। केष्टोपुर में नरेन बाबू और सौदामनी देवी को भी समाचार दिया। उजड़े बगीचे में एक फूल तो खिला- काली घनघोर घटा के एक कोने में एक टुकड़े धूप ने इंद्रधनुष तो बनाया क्षितिज पर। नरेन बाबू और सौदामनी देवी कलकत्ता आए, मृणालिनी देवी ने शिशु को नरेन की गोद में देते हुये कहा कि देखो इस बच्चे की आँखें तो बिल्कुल अपने नंदू की तरह हैं। नरेन बाबू ने माथा चूमते हुये कहा कि भाभी माँ माथा तो बिल्कुल बिरेन दादा जैसा है। फिर नरेन बाबू ने शिशु को वापस मृणालिनी देवी को देते हुये कहा कि इसका नाम रखते हैं- 'मृणाल रायचौधरी'।

मृणालिनी देवी के जीवन के बारे में लिखते हुये आज कई दिन हो गए- इस बीच मेरा जीवन भी चल रहा था, डॉक्टर को फिर से पाँव दिखाया- क्योंकि सूजन आ गई थी। डॉक्टर ने बताया कि पाँव को ज्यादा लटकाकर बैठने से सूजन आई है अतः ज्यादातर पलंग पर ही लेटे रहना है- यानि डेस्क पर बैठकर लिखना नहीं हो पाएगा। मैं दिन भर तो पलंग पर लेट नहीं सकता था, इसलिए भोजन करने के बाद तकियों का सहारा लेकर पलंग पर ही बैठकर लिखने लगा- पाँव को आराम से दूसरे तकिये का सहारा देकर उठाकर रख दिया।

मेरी डायरी में कुंडू बाबू का लिखा उनके गाँव का ठिकाना था- फोन नं० तो नहीं था, पता नहीं अब कहाँ होंगे या शायद ही जिंदा हों- फिर भी याद बहुत आ रही थी सो उनको एक पत्र लिखा- अपना पता भी लिखा, हाल-चाल लिखे और प्रार्थना की, कि पत्र का उत्तर अवश्य देवें।

मन तो बार-बार दादी के विषय में सोच रहा था। हमारा जीवन क्या है? एक कनवेयर बेल्ट के ऊपर चढ़ जाना- फिर वह बेल्ट चलता रहता है बिना रुके। वैसे ही जन्म लेते ही हम समय के बेल्ट पर सवार हो जाते हैं। हम कुछ करें या ना करें- जीवन चलता रहता है, क्रिया और उसकी प्रतिक्रिया होती रहती है- उन पर जो अनुभव हम करते हैं वह हमारी पसंद-नापसंद के अनुसार सुख और दुःख में अभिव्यक्त हो जाते हैं। जो बहादुर होते हैं वो अपने जीवन में घटी प्रत्येक घटना को अपने ही अनुसार बना लेते हैं जबकि कमजोर व्यक्ति प्रत्येक घटना के अनुसार बनता-बिगड़ता रहता है।

मृणालिनी देवी ने भी अपने जीवन की घटनाओं को जैसे बाल-विवाह, फिर विधवा होना फिर घर छोड़कर वृंदावन जाना, नंदू का जन्म, बीमारी और अब निधन में भी अपने संयम और विवेक को नहीं छोड़ा। तकदीर से कभी शिकायत नहीं की बल्कि अपनी मेहनत और निष्ठा से बिगड़ी हुई परिस्थिति को सुधारा। बगिया जब-जब उजड़ जाती थी तब-तब फिर से प्रेम और सत्य के बीज-खाद डालकर उपवन को हरा किया, अभी भी इतनी तहस-नहस हुई परिवार की स्थिति में भी नंदू के शिशु में परिवार का भविष्य देखकर सुलक्षणा देवी की सेवा करना- एक दैवी सम्पदा से युक्त आत्मा ही कर सकती है।

नंदू बाबू का निधन मृणालिनी देवी के जीवन की सबसे दुःखद घटना थी। साथ ही नरेन बाबू को लकवा मारना, इससे भावनात्मक क्षति तो अपूर्णनीय थी। कारणवश केष्टोपुर में कारोबार पर भी बुरा असर पड़ा। नरेन बाबू के अस्वस्थ होने के कारण कारोबार बहुत कम

हो गया, ऊपर से आजादी के बाद भारत सरकार ने जमींदारी प्रथा भी समाप्त कर दी तब परिवार की आय भी बहुत कम हो गई। नरेन बाबू के इलाज का और केष्टोपुर और कलकत्ता के घर के खर्चे भी आर्थिक स्थिति को कमजोर कर रहे थे।

कुंडू बाबू से जब मृणालिनी देवी ने आर्थिक समस्या के बारे में जाना तब निर्णय लिया कि हवेली के ऊपर के कमरे किराये पर लगा दिये जाएँ ताकि कलकत्ता के घर का खर्च यहाँ किराये की आय से पूरा हो जाये- केष्टोपुर से पैसा ना मांगना पड़े। और इस तरह हम हवेली में ऊपर की मंजिल के किरायेदार आए। कुंडू बाबू ने बड़ी जांच पड़ताल कर किरायदार चुने। तीन-चार परिवार चुने जो नौकरी पेशा थे, किराया समय पर दे सकते थे, सभ्य थे, छोटे परिवार थे, सदस्य संख्या पाँच तक थी इत्यादि। मृणालिनी देवी का मन नंदू बाबू के निधन और नरेन बाबू की अस्वस्थता के कारण विरक्त हो गया था, सो वो अब अकेले ही रहती थी- किसी से मेल-जोल नहीं रखती थी।

नरेन बाबू ने ऐसे वक्त की कल्पना तक नहीं की थी- एक तो जवान बेटे का दुनिया से चले जाना- दूसरा जमींदारी खत्म होने के कारण कमाई में कटौती होना- तीसरी स्वयं की बीमारी का खर्चा। कुल मिलाकर परिवार में जान और माल दोनों की ही हानि हुई और भविष्य के लिए कोई रौशनी ही नहीं दिख रही थी। नंदू की विधवा सुलक्षणा और मृणाल के भविष्य के बारे में सोचकर तो वो रोने ही लग जाते थे। सुलक्षणा काफी समझदार और सुलझी हुई युवती थी- उसने ससुराल के हालात अपने मायके में बताये सरकार बाबू ने रायचौधरी परिवार की पूरी तरह से मदद करने की पेशकश की तब सुलक्षणा ने कहा कि वो लोग स्वाभिमानी हैं सो किसी भी मदद के लिए नहीं मानेंगे। इसलिए सुलक्षणा ने प्रस्ताव दिया कि उसे भी उसके भाई सुशांत की तरह व्यापार करने दिया जाए।

सरकार बाबू का विदेश में आयात-निर्यात का काफी बड़ा व्यवसाय था, उनका बेटा सुशांत यूरोप में रहकर काम देखता था-

सुलक्षणा ने अमेरिका में उस व्यवसाय को बढ़ाने का प्रस्ताव दिया- इससे सुलक्षणा का जीवन स्थिर होगा- मृणाल का लालन-पालन और शिक्षा होगी। सरकार बाबू को भला इसमें क्या आपत्ति हो सकती थी! बस उन्होंने अपनी बेटी को नरेन बाबू और मृणालिनी देवी से अनुमति लेने की शर्त रखी।

सुलक्षणा ने पहले तो दादी से बात की- उन्हें जब अपना प्रोग्राम बताया तो पहले तो उन्होंने सारी बातें समझीं फिर मृणाल के भविष्य और सुलक्षणा की खुशी के लिए हाँ कर दी और कुंडू बाबू को नरेन बाबू से बात करने के लिए केष्टोपुर भेजा- सुलक्षणा भी मृणाल को लेकर साथ में गई- वहाँ उसने जब कहा कि दादी ने हामी भर दी तो नरेन बाबू ने भी हाँ कर दिया। सौदामनी देवी ने आपत्ति जताई, कहा कि सुलक्षणा और मृणाल केष्टोपुर उन लोगों के पास रहें- तब सुलक्षणा ने उन्हें मृणाल की शिक्षा के बारे में बताया कि वो केष्टोपुर में नहीं हो सकती- साथ ही उसने व्यवसाय करने की सोची है, वह पढ़ी लिखी है तो उसे मौका मिलना चाहिए। नरेन बाबू ने सौदामनी को समझाया कि अब नया जमाना है- नारी भी घर से बाहर निकलकर काम कर सकती है और परिवार के भविष्य के लिए आजीविका का साधन भी करना आवश्यक है जो नंदू के निधन और जमींदारी प्रथा के समाप्त होने से बंद हो गए।

नरेन बाबू और सौदामनी देवी से आशीर्वाद लेकर सुलक्षणा कलकत्ता आई। मृणालिनी देवी ने जी भरके उसे आशीर्वाद दिये और व्यवसाय में सफल होने के लिए शुभकामनाएँ दीं। मृणालिनी देवी ने तनिक भी अपने अकेलेपन की परवाह नहीं की- क्यूंकि परवाह तो सुलक्षणा की खुशियाँ और मृणाल के भविष्य की थी। सरकार बाबू ने अपनी बेटी और नवासे को अमेरिका में शानदार तरीके से व्यवस्थित कर दिया।

अध्याय – 22

सुलक्षणा और मृणाल के विदेश जाने के बाद एक बार मृणालिनी देवी फिर से अकेली हो गई- अकेलापन का प्रभाव मनुष्य पर बड़ा बुरा पड़ता है तब वह रोगी हो जाता है, या भोगी हो जाता है। लेकिन यही प्रभाव अच्छा हो तो एक इंसान को योगी बनाता है। मृणालिनी देवी जब वृंदावन में थी तब भी भजन-कीर्तन, सत्संग में आनंद लेती हुई वो एक योगी का जीवन जी रही थीं- और अब घर परिवार को प्रेम और शांति का मंदिर बना रही हैं। कलकत्ता में अपने कमरे में बैठकर अधिकांश समय ध्यान-पूजा में लगाती थी और भजन-कीर्तन का रिकॉर्ड सुनती और साथ में गाती थीं।

उनके साथ सबसे ज्यादा समय रहने वाली वृंदा ने भी जब उनसे वृंदावन जाकर रहने की अनुमति मांगी तो उनके मन में भी वहाँ जाने की सूझी- लेकिन उनके आश्रम पर तो अब सौदामनी का कब्जा था- सो खुद ना जाकर वृंदा को अनुमति दे दी- वृंदा ने वृंदावन से एक युवती कुंती को मृणालिनी देवी की सेवा के लिए बुला लिया था- खुद अब वो काफी वृद्ध हो चुकी थीं- मृणालिनी देवी ने गले लगाकर उनको विदा किया- कुंडू बाबू ने उनके जाने का पूरा प्रबंध कर दिया। कुंती भी एक बाल विधवा थी, जो बड़ी छोटी उम्र से ही मृणालिनी देवी के आश्रम में रहती थी- वृंदा ने उसे बड़ी देख-भाल कर चुना था ताकि मृणालिनी देवी को उसकी अनुपस्थिति में कोई भी असुविधा ना हो। मृणालिनी देवी ने भी कुंती को प्यार से सब काम समझा दिया।

समय यूं ही गुजर रहा था लेकिन नरेन बाबू की तबीयत बिगड़ती जा रही थी- उन्हें कलकत्ता लाया गया इस बार डॉक्टरों ने बताया कि उनके मस्तिष्क में रक्त स्राव हो गया है जिसके कारण उनकी आवाज

भी चली गई– हॉस्पिटल में भर्ती करने के बाद उनका इलाज चल रहा था। सरकार बाबू तो पैसा पानी की तरह बहा रहे थे मृणालिनी देवी के टोकने पर उन्होंने कहा कि ये पैसे सुलक्षणा ने भिजवाए हैं– बताया कि अमेरिका में उनकी बेटी ने व्यापार को इतनी जल्दी जमा लिया है– उन्हें तो यह उम्मीद से ज्यादा लग रहा है। बेटा हो या बहू दोनों ही तो परिवार की बाजुएँ हैं– उनकी ताकत ही परिवार को सुदृढ़ सुरक्षा प्रदान करती है। पूछने पर सरकार बाबू ने बताया कि मृणाल भी पढ़ाई में बड़ा प्रखर है और अपने दिवंगत पिता की तरह डॉक्टर बनना चाहता है।

सुलक्षणा के पुत्र– कुंडू बाबू के पास नियम से आते थे, जो वो अपनी दादी माँ के लिए लिखती थी। एक बार पत्र के साथ मृणाल का भी छोटा-सा पत्र आया, लिखाः–

"दादी माँ,

मैंने अपनी माँ से आपके बारे में बहुत सुना है– बल्कि कई बार जब हम पापा के बारे में बात करते हैं तब आपकी चर्चा जरूर होती है। मैं सोचता हूँ कि– मैं अपने पापा की तरह भाग्यशाली नहीं हूँ जो आपके साथ रह पाऊँ लेकिन जब भी भारत आऊँगा तब आपके साथ रहूँगा और ढेर सारी बातें करूंगा।

आपका मृणाल

आपके नंदू का बेटा।"

पत्र सुनकर मृणालिनी देवी भावुक होकर रोने लग गई। नरेन बाबू को काफी लंबा समय हो गया हॉस्पिटल में ही भर्ती थे– कोई होश नहीं था, नलियों से ही ग्लूकोज देकर शरीर में ऊर्जा दी जा रही थी– ऑक्सिजन की नली सांस लेने के लिए नाक में लगी हुई थी। सौदामनी देवी को सबसे शिकायत थी– नरेन बाबू की बीमारी से लेकर डॉक्टरों से, हॉस्पिटल के प्रबंध से, मौसम से और सबसे बड़ी शिकायत मृणालिनी देवी से। मकान के कमरे किराये पर क्यूँ दिये–

अब वो कहाँ रहें। मृणालिनी देवी ने कहा कि आप मेरे साथ ही रहो- वो तो उसे गंवारा नहीं लेकिन मजबूरी है। मल्लिक बाबू ने अपनी बेटी के लिए अपने दोस्त की हवेली में व्यवस्था कर दी, तब वो मानी।

आखिर वो घड़ी आ ही गई जब नरेन बाबू भी अपनी सांस समेट कर इस दुनिया से चले गए। मृणालिनी देवी का सम्बल, बचपन का साथी- चला गया! जीवन की राह कितनी ही जटिल रही, नरेन बाबू ने मृणालिनी देवी का हमेशा साथ दिया। पूरा जीवन अपनी माँ की तरह माना, जो कह दिया वो आदेश कभी नहीं टाला। मृणालिनी देवी को भी कभी नहीं लगा कि उनके कोई संतान नहीं है। नरेन बाबू और फिर नंदू ने बेटों की कमी कभी नहीं महसूस होने दी- बल्कि बेटों से बढ़कर माना। मृणालिनी देवी को मांग उजड़ने का इतना आभास नहीं हुआ था क्यूंकि तब उम्र ही कहाँ थी समझने की लेकिन गोद उजड़ने का आभास दो बार हुआ। सौदामनी देवी को गले लगाकर देर तक रोती रहीं। सुलक्षणा भी अमेरिका से आई। मृणाल की परीक्षा थी- फिर भी मुखाग्नि देने वह आया और सुलक्षणा के साथ तुरंत जाना पड़ा।

नरेन बाबू के श्राद्ध कर्म केष्टोपुर में किए, उसके पश्चात मृणालिनी देवी वापस कलकत्ता आ गई। सौदामनी देवी कुछ दिन वृंदावन रहने के बाद वापस केष्टोपुर आ गई क्यूंकि वृंदावन का आश्रम अब गंगापुर के घोष बाबू ने अपने नियंत्रण में ले लिया था। मृणालिनी देवी को केष्टोपुर की भी चिंता हुई अतः कुंडू बाबू को कहा कि अपने विश्वास के आदमी वहाँ पर रखकर घर, कारोबार और सौदामनी की देख-भाल करें।

अब मृणालिनी देवी अपने अकेलेपन की साथी थी- कमरे में ध्यान करती रहती थी- बाहर के जगत से कोई लेन-देन नहीं था, कुंडू बाबू सब हिसाब रखते थे, सुलक्षणा का पत्र आता था- दुर्गा पूजा पर विशेष उपहार भी भेजती थी। एक बार सुंदर चश्मे का फ्रेम भेजा

जो मृणालिनी देवी पर खूब जंचा। स्टूडियो में जाकर फोटो खिंचवा कर उसे भिजवाया। केष्टोपुर के भी समाचार आते थे- सौदामनी देवी बीच-बीच में गंगापुर जाकर अपने भाई-भतीजों से मिल लेती थी।

जीवन के लिए जितना श्वास और भोजन जरूरी है, उतना ही जरूरी है एक मकसद। क्यूंकि बिना मकसद का जीवन तो समंदर में बिना पाल-पतवार के विचरती नौका की तरह है जो लहरों के थपेड़े खाते-खाते एक दिन डूब जाती है। सौदामनी देवी के जीवन में भी कोई मकसद नहीं था सो केष्टोपुर में भी अकेलेपन ने उनको अवसाद ग्रस्त कर दिया- जीवनभर की नकारात्मक सोच ने उनको पागलपन की हद तक चिड़चिड़ा और गुस्सैल बना दिया। वो अपने कमरे में चीखती रहती थी- "नरेन बाबू ने कभी मुझे प्यार नहीं किया।- नंदू मेरा बेटा होकर भी अपनी दादी माँ को ज्यादा मानता था। मैं तो माँ होकर भी बांझ ही रही और वो बांझ होकर भी माँ।" और यूं ही चीखते-चीखते एक दिन उनकी चीख आखिरी बार निकलकर शांत हो गई। इस बार सुलक्षणा और मृणाल नहीं आ सके- अंत्येष्ठी में बस मृणालिनी देवी और गंगापुर के भाई-भतीजे थे। केष्टोपुर की हवेली सुनसान हो गई।

अध्याय – 23

लंबे अरसे से मृणालिनी देवी अपने कलकत्ता के घर में अकेली रहती थीं। उधर सुलक्षणा अपने व्यापार में व्यस्त रहती थी, और मृणाल अपनी डॉक्टरी की पढ़ाई में व्यस्त रहता था। केवल फोन-पत्राचार द्वारा ही एक दूसरे के बारे में जानकारी प्राप्त होती थी। मृणालिनी देवी का हम किरायदारों से जब मिलना-जुलना शुरू हो गया तब वो हम सबकी भी अभिभावक बन गई। उनके चेहरे पर फिर से एक भरे पूरे परिवार की मुखिया वाली रौनक लौट आई थी।

कुंडू बाबू के साथ भी हमें बड़ी ज्ञान और समझदारी की बातें सीखने को मिलती थीं। अब हमारे मकान में हमेशा खुशहाली ही रहती थी। जिस घर में जो खाने की चीज़ खास बनती थी वह हम सब बाँटकर खाते थे। मकान की औरतें अब दादी के साथ भजन-कीर्तन करती थीं। हम बच्चों के लिए गायन और चित्रकला के कॉम्पटिशन होते थे और अच्छे प्रदर्शन पर दादी हमें पुरस्कार देती थी।

नंदू बाबू के बारे में उनकी देशभक्ति एवं बलिदान की बातों ने मुझमें ही नहीं बल्कि मेरे कॉलेज के छात्रों में भी काफी संवेदना भर दी। हम लोगों ने उनकी याद को अमर रखने के लिए योजना बनाई। हमारे इलाके में नगर पालिका का एक सरकारी हॉस्पिटल था जो किसी अंग्रेज के नाम से था- हमने उस हॉस्पिटल का नाम नंदू बाबू की स्मृति में करने के लिए सरकार से प्रार्थना की। क्षेत्र के विधायक और सांसद से भी मिलकर नंदू बाबू के बलिदान की कथा सुनाई- वो लोग काफी प्रभावित हुये और उन्होंने हमें आश्वस्त किया कि यथाशीघ्र यह नामकरण करा देंगे। नगर पालिका के पार्षद एवं मेयर से भी बात हुई- और अंततः नंदू बाबू की गौरवशाली यादगार में इलाके के हॉस्पिटल का नाम- "नन्द किशोर रायचौधरी स्मृति चिकित्सालय"

रखा गया। एक समारोह का आयोजन किया गया और नंदू बाबू के बलिदान का उल्लेख करते हुये शिलालेख लगाया गया। दादी का भी अभिनंदन किया गया। समारोह की खबर और फोटुएँ कलकत्ता के सभी समाचार पत्रों में छपी।

दादी तो हमारे प्रयास को देखकर भाव-विह्वल हो गईं। सुलक्षणा को जब यह पता चला तो उसकी खुशी का कोई ठिकाना ही नहीं रहा। उसने नंदू बाबू के मित्र डॉक्टरों से संपर्क कर कहा कि इस हॉस्पिटल में विश्व-स्तरीय चिकित्सा की व्यवस्था हो और इसमें लगने वाली राशि, वह दान स्वरूप देंगी। रायचौधरी परिवार की पहल से राजनीतिक, सामाजिक क्षेत्र में उनकी काफी प्रशंसा हुई। सुलक्षणा विशेष रूप से कलकत्ता आई और हम लोगों द्वारा किए गए प्रयास के लिए सराहा- नंदू बाबू के मित्र डॉक्टरों के सुझावों को लेकर चिकित्सालय में रोग परीक्षण एवं रोग निदान के लिए अमेरिका से उपकरण और मशीने मंगाई गईं।

बहुत जल्दी ही नंदू बाबू का स्मृति चिन्ह, उस चिकित्सालय में एक पूर्ण विकसित अनुसंधान केंद्र भी बनकर तैयार हो गया। सुलक्षणा ने अपने कलकत्ता प्रवास में पाया कि अब भारत में भी उत्पादन के क्षेत्र में विश्व स्तरीय फैक्ट्री लग रही थी- उसको अमेरिका के विकसित होते व्यापार में उत्पादन की कमी नज़र आती थी। भारत से मांग की आपूर्ति में हमेशा परेशानी रहती थी। साथ ही वह भी वापस भारत में आना चाहती थी। मृणालिनी देवी का मातृत्व प्रेम, नंदू बाबू की यादें, मायके का स्नेह और अपने वतन की मिट्टी- सभी कुछ तो उसे कलकत्ता वापस बुला रहे थे। वापस अमेरिका जाकर जब उसने मृणाल से इस बारे में बात की तब वह तो जैसे कलकत्ता आने को तैयार बैठा था।

अमेरिका में पला बड़ा जरूर था मगर वहाँ की तेज तर्रार जिंदगी उसे नहीं प्रभावित करती थी- क्यूंकि उसके अणु-वांशिक गुणों के कारण वह भारत की वैदिक संस्कृति से प्रभावित था। अपने पिता नंदू

बाबू के लेख उसने पढ़े थे- और वह अपने पिता के सिद्धान्त को अपनी शोध से और दृढ़ करना चाहते थे। रोग के उपचार में मरीज को मिलने वाली ममता और सहानुभूति का प्रभाव दवाइयों से कम नहीं होता। नंदू बाबू की यह सोच अब पिछले वर्षों में मेडिकल साइंस में काफी प्रचलित हो गई और मृणाल इस सिद्धान्त पर आगे शोध करना चाहते थे- उनके लिए भारत ही उपयुक्त था जहाँ आज के वैज्ञानिक युग में भी आध्यात्मिक चेतना काफी प्रभावी और प्रचलित है।

मृणाल की पढ़ाई का अब आखिरी वर्ष था- सो सुलक्षणा ने भारत वापस आने की योजना बनानी शुरू कर दी। सरकार बाबू ने अपने व्यवसाय को एक कंपनी में हस्तांतरित कर दिया और सुलक्षणा एवं सुशांत, दोनों भाई बहन को उसके शेयर देकर डायरेक्टर बना दिया स्वयं उसके चेयरमेन बन गए। नई कंपनी में उत्पादन की इकाई कलकत्ता के पास लगाई गई और यूरोप-अमेरिका में निर्यात शुरू किया गया।

सुलक्षणा उत्पादन का सारा काम देखती थी और सुशांत निर्यात का कार्य देखता था। सुलक्षणा ने अपनी मेहनत से रायचौधरी परिवार की आर्थिक स्थिति सुदृढ़ कर दी। वह यह सब श्रेय दादी मृणालिनी देवी को देती थी- जिनके आशीर्वाद और सहयोग से सब कुछ हो पाया- लेकिन मृणालिनी देवी यह सब अपने इष्ट देव 'बाँके बिहारी जी' की कृपा को मानती थी। सरकार बाबू का भी वह आभार मानती थी, जिन्होनें अपनी संतान बेटी हो या बेटा में कोई अंतर नहीं माना और सुलक्षणा को अपने व्यवसाय में हिस्सेदार बनाया। सरकार बाबू का व्यापार भारत की दुर्लभ जड़ी-बूटियों को निर्यात करने का था- जो विदेशों में मशहूर दवाइयों और सौन्दर्य प्रसाधन कंपनियों में प्रयोग में आती थी।

पहले तो यह कच्चा माल ही निर्यात करते थे- लेकिन अब सुलक्षणा द्वारा उत्पादन इकाई के लगा लेने से- तैयार माल भी निर्यात होने लगा, जिसके कारण मुनाफा काफी बढ़ गया। मृणाल जब डॉक्टरी

की पढ़ाई पूरी कर के आया तब इस व्यवसाय को तकनीकी महारत भी हासिल हो गई और कंपनी का व्यापार दिन दूना रात चौगुना बढ़ने लगा। मृणाल ने भारत आकर भारतीय बाजार के लिए भी अपने उत्पादन तैयार कर बेचने की योजना बनाई। सबसे पहले उसने दादी माँ से आशीर्वाद लिया और अपने विज्ञापन के लिए 'दादी माँ के नुस्खे' के संदेश को आधार बनाया। भारतीय मानस में बड़े बुजुर्गों की बातों को बड़े ध्यान और श्रद्धा से सुना और माना जाता है- अतः उत्पादन का प्रचार लोगों के दिल को छू गया। मांग बढ़ी- बिक्री बढ़ी और कंपनी दिन पर दिन तरक्की की बुलंदी छूने लगी।

अध्याय – 24

मृणालिनी देवी का परिवार एक बार फिर साथ-साथ था। अब उनको मृणाल के विवाह की फिक्र हुई, तब सुलक्षणा ने बताया कि मृणाल की अमेरिका में एक सहपाठी के साथ मित्रता है जिसका नाम एमिली है- और शायद वो एक दूसरे को पसंद भी करते हैं। मृणालिनी देवी ने मृणाल से पूछा- "यह इमली कौन है? जरा बताओ" दादी ने अंजाने में एमिली को इमली नाम से संबोधित किया। तब मृणाल हँस पड़ा और शरमा भी गया। उसने बताया कि वह एमिली को प्यार करता है और वो दोनों शादी भी करना चाहते हैं- लेकिन उसका भारत आने का प्रोग्राम बन जाने पर वह पूरी बात नहीं कर पाया।

मृणालिनी देवी ने मृणाल को कहा कि एमिली को सपरिवार भारत बुलाओ- उसे अपनी सारी रीति, व्यवहार आदि देखकर फैसला लेने दो। दादी के आदेश पर मृणाल ने एमिली को सपरिवार भारत आने का न्योता दिया। वो सभी- यानि कि जॉन्सन परिवार, कुछ दिनों में कलकत्ता आ गए। उनके ठहरने का इंतजाम होटल में कर दिया गया और वो जब दादी से मिले तो मृणाल और सुलक्षणा अनुवादक की भूमिका निभाने लगे- दादी जो बोलती थी उसका अनुवाद अंग्रेजी में करते थे और एमिली जो बोलती थी उनका अनुवाद करके वो दादी को बताते थे।

एमिली एक यूरोपियन वंश की सुंदर युवती थी जिसके दादाजी ऑस्ट्रीया 'यूरोप' से जाकर अमेरिका में बस गए थे। एमिली के माता-पिता एवं भाई- रॉबर्ट जॉन्सन भी साथ में थे। जॉन्सन परिवार भी भारत को बहुत प्यार करता था। उनको यहाँ कि संस्कृति और आध्यात्म बहुत प्रभावित करते थे। दादी से वृंदावन की बातें सुनकर

वो सभी खुश होकर हरे कृष्ण की धुन गाकर नाचने लग गए। दादी तो भाव-विभोर हो गईं।

सुलक्षणा ने अपने माता-पिता को भी एमिली के बारे में बताया- सरकार बाबू और उनकी धर्मपत्नी रेणुका देवी भी इस परिवार से मिलकर काफी खुश हुये। जॉन्सन परिवार को पहले कलकत्ता शहर घुमाया- कालीघाट, विक्टोरिया मेमोरियल, नेशनल म्यूजियम और दक्षिणेश्वर मंदिर आदि देखे। उनको बेलूर मठ में राम-कृष्ण मिशन तथा स्वामी विवेकानंद के स्मारक बड़े अच्छे लगे।

कलकत्ता में हाथ से खींचने वाले रिक्शे और ट्रॉम कार देखकर उन्हें आश्चर्य हुआ कि कलकत्ता के जीवन में कितनी विविधता है। पार्क स्ट्रीट और चौरंगी रोड की भव्यता एवं सड़क किनारे रहते भिखारी परिवार मानव समाज के अमीरी और गरीबी दो छोर थे जो कभी नहीं मिलते। बंगाली मिठाइयाँ उनको बड़ी अच्छी लगीं। कुंडू बाबू को इनके केष्टोपुर की यात्रा का प्रोग्राम बनाने की जिम्मेदारी दी।

मोटरों का एक काफिला- मृणालिनी देवी, सुलक्षणा, मृणाल तथा जॉन्सन परिवार, सरकार बाबू और रेणुका देवी को लेकर केष्टोपुर की ओर रवाना हो गया। रास्ते में धान के खेत, नारियल के पेड़, छोटे-छोटे घर गाँव तथा पोखर में मछली पकड़ते लोग, हरे-हरे खेतों में चरती-विचरती गायें- सबकुछ बड़ा मनोहारी दृश्य था। रास्ते में रुककर कच्चा नारियल 'डाभ' का पानी पिया- संदेश खाये और शाम होते-होते केष्टोपुर की हवेली पहुँच गए।

हरियाली के बीच हवेली बड़ी सुंदर लग रही थी। जॉन्सन परिवार तो हवेली के वास्तु-शिल्प को देखकर मुग्ध हो गया। कुंडू बाबू ने मनोरंजन के लिए लोक-गीत एवं नृत्य करने वाले कलाकार बुलाये। काली मंदिर में काली-माता के दर्शन किया। फिर सभी लोग हवेली के बड़े से दालान में बैठकर नाश्ता-पानी कर गीत-संगीत का आनंद लेने लगे। बाऊल गायकों ने तो जॉन्सन परिवार को खूब नचाया।

जॉन्सन परिवार ने तो पहली बार यह देश देखा था- लेकिन

केष्टोपुर में तो ये लोग देश की जान को ही देख रहे थे। भारत की जान तो उसके गाँवों में है। स्वच्छ और शुद्ध हवा-पानी, तरो ताजा सब्जी, फल और स्वादिष्ट व्यंजन आदि- सभी कुछ इतना अच्छा लगता है कि इनके सामने शहरों और होटलों का खाना फीका लगता है। जॉन्सन परिवार को बहुत आनंद आ रहा था और माता-पिता को खुश देखकर एमिली को भी बड़ी खुशी हो रही थी। रॉबर्ट तो स्थानीय हुक्के को देखकर बड़ा आश्चर्य कर रहा था- यह हुक्का नारियल के खोल से बना था। बंगाल के स्वादिष्ट भोजन और मिठाई के बाद बंगाल की चाय, वहाँ का पान खाकर सभी तृप्त हो गए।

इन सबसे समय निकालकर मृणाल एमिली को लेकर हवेली की छत पर ले गया। आसमान में चाँद खिला था। मंद-मंद ठंडी हवा बह रही थी जो एमिली के बालों से बार-बार मुंह ढक देती थी, मानों चाँद पर बदली का घूँघट हो। मृणाल ने उन बालों को हटाकर एमिली का सुंदर चेहरा अपने हाथों में लेकर आँखों में आँखें डालकर पूछा- 'डार्लिंग! विल यू मैरी मी?' एमिली कुछ देर यूं ही एक-टक मृणाल को देखती रही फिर उससे लिपट गई- उसका मौन ही स्वीकृति था।

सुबह बड़ी प्यारी थी- चिड़ियों का चहचहाना एक मधुर संगीत-सा लग रहा था। दार्जिलिंग की बेहतरीन चाय पीकर सभी चुस्त-दुरुस्त हो गए। नहा धोकर सब लोग नाश्ते की मेज पर बैठे तो दादी बड़ी प्रश्न भरी नजरों से मृणाल को देख रही थीं। मृणाल ने मुस्कुरा के सिर हिलाया तो दादी प्रसन्नता से खिल गईं। अब जॉन्सन परिवार की राय शेष थी- एमिली ने अपने माता-पिता से बात कर ली थी, इसलिए उसके पिता ने सरकार बाबू और दादी की ओर देखकर शादी के प्रस्ताव को रखा- सभी ने खुश होकर ताली बजाई। अब शादी का प्रबंध करना था। जॉन्सन परिवार को केष्टोपुर इतना प्यारा लगा कि उन्होंने शादी के लिए इसी जगह का चुनाव किया, जो सुलक्षणा और मृणाल को भी जंचा। दादी तो बहुत खुश हो गई, आखिर रायचौधरी परिवार का केंद्र तो यही था।

अध्याय - 25

मृणालिनी देवी कई दिनों बाद केष्टोपुर आई थीं। यहाँ की हवा और माहौल उसे बिरेन और नरेन के साथ बिताये जीवन के सुनहरे पलों की याद दिला देते थे। यूं ही वह बरामदे में धूप में बैठकर अपने बालों में नौकरानी से तेल लगवा रही थी कि मृणाल और एमिली उनसे मिलने आ गए। नौकरानी को उनके लिए चाय नाश्ता लाने के लिए भेज दिया। मृणाल ने कहा- "दादी अब आप खुश हो?"

"हाँ! बहुत खुश हूँ- ज़रा इससे भी पूछ लो?"- एमिली की तरफ इशारा करते हुये दादी ने कहा।

मृणाल ने एमिली की ओर देखकर दादी को कहा- "मैंने इसको आपके बारे में बताया। यह आपसे बहुत प्रभावित है- आपके बारे में जानकर इसके मन में कुछ सवाल हैं जो यह आपसे जानना चाहती है।"

"बेशक!" दादी ने कहा, तो मृणाल जो दादी और एमिली के बीच एक दुभाषिए का काम कर रहा था- उसने एमिली को प्रश्न पूछने को कहा।

एमिली के पास कई प्रश्न थे- उनमें से प्रमुख था कि दादी की आठ वर्ष में शादी हो गई, तो इस बाल-विवाह के बारे में उनकी सोच क्या है?

दादी ने प्रश्न समझकर उत्तर दिया। देखो यूं तो आज कल बाल-विवाह को अच्छा नहीं मानते क्यूंकि बेटियों को भी हम विद्यालय भेजकर पढ़ाने लग गए, अतः विवाह के कारण लड़का और लड़की की पढ़ाई में व्यवधान होता है। लेकिन पहले ज्यादातर बच्चे स्कूल नहीं जाते थे और घर पर ही पढ़ते थे। सामाजिक परिवेश भी ऐसा था कि हर परिवार अपने-अपने व्यवसाय जैसे खेतीहर, व्यापारी,

सुनार, कुम्हार आदि कार्यों से ही आजीविका चलाते थे। आदमी को हाथों से काम करना पड़ता था सो लड़कियों को खाना बनाना, घर और बच्चे संभालना इत्यादि जिम्मेदारी दी जाती थी और लड़कों को अपने-अपने व्यवसाय की। क्यूंकि दोनों ही कामों में शिक्षा काम करने पर ही आती है, इसलिए जीवन में जितनी जल्दी हो सके उतनी जल्दी ही लड़के-लड़कियों को अपने-अपने काम में प्रवीण होने के लिए काम पर लगा देते थे। इसके अलावा सामाजिक जीवन में स्थायी होने के लिए परिवारों में मेल-जोल के हिसाब से लड़के-लड़कियों की शादी भी हो जाती थी। विवाह दो परिवारों के बीच का सामाजिक अनुष्ठान होता है ना कि दो लोगों के बीच के जीवन जीने का संकल्प। समाज में परिवार एक इकाई होता था ना कि कोई अकेला व्यक्ति। इसलिए पहले दादी के जमाने में छोटी उम्र में उपयुक्त रिश्ता देखकर परिवार बच्चों की शादी करता था। अब क्यूंकि शिक्षा का जोर है सो पहले पढ़ाई फिर नौकरी और फिर शादी होती है। वैसे दादी ने आज के परिवेश में हो रही शादी को आज के अनुसार बिल्कुल उचित और ठीक बताया।

एमिली को दादी की बातों में कई प्रश्नों के उत्तर मिल गए- फिर भी एक और प्रश्न उसने पूछा कि- "इतनी छोटी उम्र में पति का निधन हो जाने के बाद, दुबारा शादी क्यों नहीं की?" यह सवाल व्यक्तिगत था सो दादी ने भी उसका व्यक्तिगत उत्तर दिया। पहली बात तो यह थी कि जब दुबारा विवाह की चर्चा हुई तब नरेन बाबू और मृणालिनी देवी का माँ और बेटे का रिश्ता इतना मजबूत साबित हुआ जिसने जीवन में किसी दूसरे रिश्ते को जगह ही नहीं दी। दूसरा कारण दादी ने बताया जो उनको वृंदावन प्रवास में हुये अनुभव के कारण प्राप्त हुआ।

वैदिक धर्म में विवाह कोई समझौता अथवा सौदा नहीं है बल्कि साथ निभाने की प्रतिज्ञा है जो कहते हैं कि सात जन्मों तक निभानी है। वो सात जन्म कोई शरीर के नहीं बल्कि हमारे जीवन की दशा

के ही हैं- जैसे पहला जन्म स्त्री और पुरुष के शादी से पहले हुये परिचय का है, तब उनको एक दूसरे का अभिनंदन करना है। दूसरा जन्म विवाह समारोह का है जब दुल्हा विष्णु रूप एवं दुल्हन लक्ष्मी रूप धारण करते हैं। तीसरा जन्म विवाहोपरांत मिलन का है जब वो रति क्रिया करते हैं और गृहस्थ जीवन शुरू करते हैं, जिसको आजकल तुम लोग 'हनीमून' कहते हो। चौथा जीवन है जब स्त्री गर्भधारण करती है तब एक माता और पिता रूप में जन्म लेने का प्रारम्भ है। पाँचवा जीवन होता है शिशुओं के जन्म के कारण, तब माता-पिता बनकर जिम्मेदारी संभालते हैं। छठा जीवन होता है अपनी औलाद को सक्षम बनाकर समाज और जगत के लिए उपयोगी मनुष्य बनाना। सातवाँ जीवन होता है जीवन साथी के मृत्यु के पश्चात भी अपने जीवन को अपने दिवंगत पति अथवा पत्नी की यादों और चरित्र व्यवहार से निभाना।

दादी ने इतना कहकर मृणाल और एमिली की ओर देखा- फिर मुस्कुराकर कहा कि- "दाम्पत्य जीवन का पहला जन्म तुम लोग जी रहे हो और सातवाँ जन्म मैं जी रही हूँ। बिरेन बाबू आज भी मेरे भावों में हैं- आज भी समाज के लिए मैं बिरेन रायचौधरी की बहू हूँ।" मृणाल ने जब इन बातों का अनुवाद कर एमिली को बताया तो उसे पता चला भारतीय संस्कृति एवं ज्ञान कितना गहरा है। दोनों बच्चे दादी की बातों से द्रवीभूत हो गए और उससे लिपट गए। तेल की कटोरी लेकर एमिली दादी के बालों को मालिश करने लग गई।

एमिली तो भारतीयता से प्रभावित ही थी, उसकी केष्टोपुर की यात्रा और दादी से व्यावहारिक ज्ञान की बातों ने उसे बड़ा प्रकाशित कर दिया। उसे लगने लगा कि मृणाल के साथ विवाह करके वह कितनी बहुमूल्य धरोहर, जो भारतीय संस्कृति है, उसे पाने वाली है। उसका पूरा परिवार ही भारतीय जीवन और दर्शन से प्रभावित था अतः उन्होंने बैठकर राय की कि विवाह केष्टोपुर में पूरी वैदिक रीति से होगा।

दादी को जब यह पता लगा तो वो बड़ी खुश हुई, लेकिन साथ ही जॉन्सन परिवार की भी मान्यता को शिरोद्धार्य करते हुये कहा- "विवाह आपके धर्म के अनुसार कलकत्ते के किसी गिरजाघर में भी होगा।" जॉन्सन परिवार मृणालिनी देवी की धर्म-सहिष्णुता को देखकर हैरान तो हुये मगर बहुत प्रसन्न भी हुये।

सरकार बाबू ने विवाह के आयोजन की जिम्मेदारी संभाल ली और सब लोग वापस-कलकत्ता जाकर विवाह की तैयारी में लग गए। मृणाल ने अपने सभी विशेषी दोस्तों को भी निमंत्रण दिया। नियत समय पर केष्टोपुर में मृणाल और एमिली के विवाह हेतु मेहमान जुटने शुरू हो गए। बंगाल के नामी जमींदार घराने के लोग, सरकारी अफसर और जॉन्सन परिवार के निकट संबंधी भी अमेरिका से आए।

अध्याय - 26

केष्टोपुर की हवेली में वर्षों बाद शहनाई गूंजी। पूरी हवेली ही नहीं बल्कि केष्टोपुर कस्बा भी सजाया गया- वहाँ के निवासी भी बहुत खुश थे और सबसे ज्यादा खुश थी मृणालिनी देवी जिनको वर्षों बाद इस हवेली में समारोह का संगीत सुनाई पड़ रहा था। पूरे कस्बे में चर्चा थी कि जमींदार रायचौधरी बाबू के वारिस मृणाल रायचौधरी का शुभ विवाह एक अमेरिकन युवती से हो रहा है।

रायचौधरी खानदान के साथ-साथ मल्लिक बाबू और रायबहादुर सरकार बाबू के खानदान की सरकारी एवं सामाजिक क्षेत्र में काफी प्रसिद्धि थी। अतः सरकार के महकमें भी सक्रिय हो गए- सर्किट हाउस हो या सरकारी गेस्ट हाउस और बंगलो, सबको शादी के लिए तैयार किया गया। रास्ते एवं पल-पुलियों की मरम्मत की गई और सब जगह मृणाल रायचौधरी और एमिली जॉन्सन की शादी के बड़े-बड़े बैनर लगाए गए।

इन तमाम तैयारियों में जब जॉन्सन परिवार ने सबकी भारतीय पोशाकें देखीं तो उन्हें भी कुर्ता-धोती एवं साड़ी पहनने का मन किया। शहर के बड़े दर्जी को बुलाकर उनके नाप लिए गए और पुरुषों के लिए कुर्ता-धोती और औरतों के लिए साड़ी-ब्लाउज बनवाने को कहा गया। कपड़े कुछ दिनों में जब बनकर तैयार हो गए तो उत्सुक जॉन्सन परिवार ने उसे पहना और वो सब भारतीय कपड़ों में बड़े जंच भी रहे थे।

हवन में पुरोहितों द्वारा किये जा रहे मंत्रोच्चार से पूरा केष्टोपुर गूँज रहा था। सारा शहर दोनों परिवारों की खुशियों को साझा करने आया हुआ था, ऐसी शादी उन्होंने बस एक ही बार देखी थी- मृणालिनी और बिरेन की। दादी भी इस विवाह को देख अपने उन दिनों को

याद करने लगीं और मृणाल और एमिली की जगह वो बिरेन और खुद को देख रही थीं। उनकी आँखों में आँसू तो हमेशा ही थे मगर आज असीमित खुशी और तसल्ली के आँसू दिख रहे थे।

मृणाल ने एमिली को मंगलसूत्र पहनाया, सिंदूर से उसकी मांग भरी और बाकी वैदिक रीतियाँ निभाईं। सबने उन दोनों के ऊपर फूलों की बरसात कर उनको प्यार एवं आशीर्वाद दिया। शादी के भोज में लजीज भारतीय एवं अंग्रेजी व्यंजन थे। जिन विदेशी मेहमानों ने बंगाली मिठाइयाँ खाईं वो तो भारतीय पाक कला के दीवाने ही हो गए। और सभी विदेशी मेहमानों ने कहा कि भारतीय किसी भी क्षेत्र में कम नहीं।

केष्टोपुर में विवाह आयोजन के पश्चात सभी लोग कलकत्ता वापस आ गए और वहाँ भी गिरजाघर में ईसाई धर्म के अनुसार मृणाल और एमिली का विवाह सम्पन्न हुआ। दादी को बहुत शांति मिली और तसल्ली हुई कि रायचौधरी परिवार की वंशवृद्धि के लिए उपयुक्त बहू एमिली के रूप में मिल गई।

सुलक्षणा और मृणाल जो अभी तक सरकार बाबू की ही एक हवेली में रहते थे उन्होंने अब एक बड़ी आलीशान हवेली बनवा ली और दादी माँ, जो अभी तक हमारे साथ अपनी हवेली मे रहती थीं, को अपने साथ रहने को कहने लगे।

अध्याय – 27

मृणालिनी देवी तो अपनी बगिया को लहलहाते देखकर हर्षित हो रही थी- लेकिन उम्र तो उनको भी सताने लगी थी। फेफड़ों में दमें की तकलीफ और आँखों में मोतिया-बिन्द उतर आया। आँखों का ऑपरेशन कराने गए तो पता चला कि काला मोतिया है, सो लाइलाज है- यह रोशनी तो धीरे-धीरे मद्धिम होकर बिल्कुल चली जाएगी। यह सुनकर मृणालिनी देवी मुस्कुराई- कुंडू बाबू को कहा कि वृंदावन के आश्रम चलने की तैयारी करो- वृंदा को समाचार पहुँचाओ। कुंडू बाबू स्वयं वृंदावन गए, वहाँ का सारा हाल-चाल देखा। भवन मरम्मत और देख-रेख न होने से अच्छी हालत में नहीं थे- बाग-बगीचे भी उजड़ गए थे- रसोई में भी खाना बस पेट भरने लायक जैसा बनता था।

सेवा तो श्रद्धा भाव से ही होती है, सेवा के भोग में श्रद्धा का भाव ही मिश्री है और वही नमक है- अर्थात् सेवा का स्वाद तो श्रद्धा से ही है- पैसों से नहीं। मृणालिनी देवी के पुनः वृंदावन आने का समाचार सुनते ही आश्रम के मानो पंछी भी चहचहाने लगे, पेड़ भी झूम के गाने लगे। सुलक्षणा और मृणाल ने भी दादी के मन की इच्छा का सम्मान रखते हुये उनके वृंदावन प्रवास का पूरा प्रबंध किया।

केष्टोपुर की जायदाद का ट्रस्ट बनाकर नरेन बाबू की याद में एक औषधालय बनवा दिया। मृणालिनी देवी हम सबको लेकर उसके उद्घाटन पर गए तब उनकी केष्टोपुर की यादें ताजा हो गईं- उस आम के पेड़ के नीचे खड़े होकर फोटुएँ खिंचाईं जिस पर चढ़कर मृणालिनी देवी और नरेन बाबू आम तोड़ कर खाते थे।

बिरेन बाबू की किताबें और पढ़ने की डेस्क, सब हमें दिखाया। दादी जब हमें यह सब दिखाकर बता रही थीं तब मुझे तो छोटी-सी

एक बालिका नज़र आ रही थी। जीवन की बाहरी स्थिति बदलने पर भी यादें हमें अंदर वहीं- उसी समय में ले जाती हैं जो हमनें वर्षों पहले जीकर सुख-दुःख भोगा है। केष्टोपुर की यात्रा के बाद दादी हमें अपने मायके राधाग्राम भी ले गईं- जहाँ उनका जन्म हुआ था- अब वहाँ लड़कियों का स्कूल था- कुंडू बाबू की धर्मपत्नी वहाँ की प्रधानाध्यापिका थीं। कुंडू बाबू ने अपने घर में हमें भोजन कराया। मैं तो हवेली के बगीचे, जो अब विद्यालय का प्लेग्राउंड था, उसके पास बह रही नदी को देख रहा था जो कभी बालिका मृणालिनी ने पेंसिल स्केच में उकेरी थी। आज नदी में पानी न जाने कितना बह गया होगा लेकिन- भाव तो वहीं रुका खड़ा है।

मृणालिनी देवी ने राधाग्राम की धरती को भी केष्टोपुर की धरती की तरह माथे पर लगाया- यह उनके जीवन का आखिरी प्रणाम था अपनी मातृभूमि और कर्मभूमि को। उनके आँखों में झलके आँसुओं को मैं आज भी नहीं भूला। हमारे भावों से यह धरती नरम होती है और हमें माँ की तरह अन्न-जल देकर पालती है। हमनें योजना बनाई कि दादी के वृंदावन जाने के कार्यक्रम में भी हम साथ चलेंगे।

इधर कुंडू बाबू वृंदावन में जाके आश्रम की पूरी मरम्मत, रंग-रोगन आदि करवा रहे थे। पहले हैण्ड-पम्प जो लगे थे, वहाँ मोटर और पानी की टंकी लगाकर स्नान-शौच के लिए नल लगवाए। रसोई को पूरी तरह से टाइल लगाकर साफ-सुथरा बनाया गया।

सुलक्षणा अपना व्यस्त समय निकालकर नंदू बाबू स्मृति चिकित्सालय नियमित रूप से जाती थी। मृणाल को लेकर केष्टोपुर भी जाकर वहाँ के औषधालय का प्रबंध देख लेती थी।

मृणालिनी देवी का कलकत्ते से वृंदावन का प्रस्थान एक उत्सव की तरह था, जैसे एक योगी अब मोह-माया के सांसारिक माहौल को छोड़कर अपने इष्ट देव के आध्यात्मिक क्षेत्र में जाता है वैसे ही दादी अब कलकत्ता से वृंदावन धाम जा रही थीं। हमने रेल की टिकटें

रिजर्व कर लीं- रास्ते में कीर्तन-भजन करते हुये मथुरा स्टेशन पर उतरकर सजे हुये वाहन पर दादी को बैठा कर आश्रम लेकर आए।

आश्रम की हमारी यह पहली यात्रा थी- बड़ा ही रमणीय बाग जैसा था। चारों ओर हरियाली और बीच में चार कुटिया- दो बड़े हॉल जिसमें करीब साठ-सत्तर विधवा औरतें रहती थीं। एक रसोई घर, साथ ही भोजन करने का हॉल, स्नानगृह एवं शौचालय थे। सबसे महत्वपूर्ण था आश्रम के बीचों-बीच एक कदम्ब का पेड़, उसके नीचे एक कृष्ण-राधा जी का मंदिर और कीर्तन करने का हॉल। मृणालिनी देवी के आने से पूरा आश्रम ही नहीं बल्कि वृंदावन में साधु-संतों में भी खुशी की लहर दौड़ गई।

दादी ने आते ही वृंदा का हाल-चाल पूछा, वो अब बिस्तर पर लेटी रहती थी- जीवन का अधिकांश समय दोनों ने साथ बिताया था। आँखों से आँसू बहने लगे और आप-बीती कहने लगे। कुंती भी वापस आकर काफी खुश थी। हम तो वृंदावन के वातावरण से इतने प्रभावित हुये कि कलकत्ता की राजनीति, हड़ताल, रास्ते, ट्रेफिक जाम आदि का वातावरण एक प्रदूषण की तरह लगने लगा। मैं सोच रहा था कि हम प्रकृति के साथ इतने खुश क्यूँ रहते हैं? चूंकि प्रकृति से ही हम बने हैं!- अतः हमारे पंच तत्व प्रकृति में सामान्य रहते हैं, लेकिन जब इन तत्वों में माया-मोह का संक्रमण हो जाता है तब हम विचलित होते हैं। हम सब एक सप्ताह वृंदावन रहे- गोवर्धन पर्वत की परिक्रमा की- ब्रज मंडल में गोकुल-बरसाना आदि ऐतिहासिक स्थल देखे और फिर दादी को प्रणाम कर- वापस कलकत्ता के लिए प्रस्थान किया। हाँ! आश्रम में दादी के साथ एक फोटो भी खिंचवाया जिसको कुंडू बाबू ने खींची थी।

जब हम वापस कलकत्ता आये तब मकान में प्रवेश करते ही सामने था दादी के कमरे का दरवाजा जो अब बंद था। यूं तो वो ज्यादातर बंद ही रहता था, लेकिन उस दरवाजे के पीछे रहती थी एक

प्रेममयी-ममतामयी दादी माँ- लेकिन अब उस दरवाजे के पीछे कोई नहीं था- मानो शरीर से आत्मा चली गई। पूरे मकान में एक तरह की वीरानी छा गई। अपने कमरे में आकर बैठा- तब माँ ने वृंदावन की यात्रा के बारे में पूछा- मैं एक कठपुतले की तरह बताता रहा लेकिन मेरी नजर घर के फर्श पर, बरामदे से छनकर बिखरी "एक टुकड़ा धूप" पर थी। जिसको दादी की उपस्थिति दिव्य बना देती थी। कुंडू बाबू भी कई महीने नहीं आए। एक दिन वो मृणाल बाबू और सुलक्षणा देवी के साथ आए- दादी का कमरा खोलकर दादी की एक बड़ी-सी फोटो लगाकर उस पर फूल चढ़ाये और दादी के देहांत के बारे में बताया।

दादी को दिखना बंद हो गया था सो वो कहती थी- "अच्छा है संसार देखकर क्या करूंगी, अब तो बाँके बिहारी जी को ही देखती हूँ-

वो कालो कालो सांवरो!
मन कर गयो मेरो बाँवरो।
मैं गोपी बन के नाचूँ-
जैसे मोर देखके बादरो।।

तेरी आँखन से देखुंगी- ये दुनिया सारी...
हे गिरधारी... हे गिरधारी!"

और फिर भजन गाने लगती थीं। दमे की बीमारी ने फेफड़े खराब कर दिये थे- नंदू बाबू के साथ टी.बी. सनेटोरियम में रहने के कारण रोग का कुछ असर उनको भी हो गया था, लेकिन उनका मकसद मौत से बड़ा था। रात भर खाँसती थी- तकलीफ शरीर से थी- आत्मा से नहीं। उनकी हालत देखकर आश्रमवासी रोने लग जाते थे लेकिन वो

हमेशा मुस्कुराती रहती थीं। अंत समय में सुलक्षणा, मृणाल बाबू और एमिली उनके साथ थे। हमें याद करके आशीर्वाद दिया। फिर आश्रम में भजन-कीर्तन की ताल में उनके श्वास सदा के लिए एक लय हो गए। कुंडू बाबू यह सब बताते हुये अपने आँसू पोछते रहे।

अध्याय – 28

यूं मेरे जीवन को स्पर्श करती हुई एक कथा का विवरण पूरा हुआ- टेबल पर पड़ा खाना कब का ठंडा हो गया था- आज मन अपने ही जीवन की सुनहरी यादों से भरा हुआ था। अच्छी यादों से मन हमेशा खुश हो जाता है और बुरी यादें मन खट्टा कर देती हैं। आज पत्रकारिता में हम केवल नकारात्मक खबरें ही सुबह-सुबह अपने पाठकों को परोस देते हैं- फिर वो भी उन खबरों की कड़वाहट अपने मन में लिए कड़वाहट ही बिखेरेंगे और ऐसे पूरे समाज में असत्य, वैर, इर्ष्या का ही प्रदूषण होगा- कौन सोचेगा दूसरे की भलाई, दूसरे के दुःख-दर्द को बांटना। दूसरों की छोड़ो अपने जीवन में आई मुसीबतों से भी हम सकारात्मक विचारों से ही लड़ सकते हैं- बस यही सोचते-सोचते सो गया।

सुबह उठा तो काफी हल्का महसूस कर रहा था पाँव की मोच भी अब ठीक लग रही थी- सोचा कि अगले 2-3 दिनों में ऑफिस जाने लायक हो जाऊंगा। अगले सप्ताह पैर ठीक होने पर ऑफिस गया और प्रकाशक को बुलाकर, 'जो लिखा था' वो देते हुए कहा कि यह रचना नहीं बल्कि सच्चाई है, सो ध्यान से सम्पादन कर प्रकाशित करना। और मन ही मन दादी माँ को श्रद्धांजलि देते हुये प्रणाम किया। जीवन फिर अपने पुराने ढर्रे पर लौट आया- वही खबरें और वही चीख-पुकार, इन्हीं से बिकता है समाचार!

दो सप्ताह बाद एक दिन, एक सज्जन कार्यालय में आए कहा- "मैं राधाग्राम से आया हूँ- श्यामाचरण कुंडू जी का पुत्र सुकुमार कुंडू हूँ। आपका पत्र मेरे बाबा के नाम हमारे गाँव के पते पर आया था, मैंने पढ़ा था। बाबा का देहांत तो तीस वर्ष पहले हो गया। आपके बारे में बात करते थे और एक पत्र आपके नाम लिखा था- आपको

देना था लेकिन आप लोग कलकत्ता छोड़कर इधर आ गए- सो आप लोगों का पता नहीं था- फिर भी उनको विश्वास था कि उनका पत्र आपको एक दिन जरूर मिलेगा।"

यह कहकर सुकुमार ने एक लिफाफा मेरी ओर बढ़ाया। समय के कारण कागज पीला पड़ गया था- मैं तो उसे देखकर, उसकी बातें सुनकर आश्चर्यचकित और भौंचक्का था- बेचारे को बैठने और पानी पीने को भी नहीं कह पाया, अब संयत होकर उसे बैठाया। चाय-पानी पूछकर लिफाफा खोला पत्र भी काफी पुराना था- कुंडू बाबू की लिखावट से मैं परिचित था- हर महीने किराये के बिल और भुगतान की रसीदें आती थीं। बड़ा विस्मयकारी क्षण था। पत्र पढ़ना शुरू किया, उन्होंने लिखा था-

"प्यारे मोहन,

वृंदावन से वापस कलकत्ता आने पर पता चला कि तुम लोग चले गए हो- इसलिए मिलना नहीं हो पाया। फिर भी तुम्हारी याद हमेशा आती थी। अब मैं बूढ़ा हो गया- रिटायर होकर अपने घर में रहता हूँ। मेरा बेटा सुकुमार अब मृणाल बाबू के पास काम करता है। तुमको यह पत्र लिखने का दो कारण है। पहला कारण कि अब हम लोग शायद ही मिल सके इसलिए जो बात मैं हमेशा बताना चाहता था लेकिन बता नहीं पाया वह यह है कि तुम्हारा बोली और हाव-भाव हमारा नंदू बाबू से बहुत मिलता था- दादी तुमको देखकर बहुत खुश होता था। इसीलिए वो और मैं तुमको सब बात बताता था। दूसरा कारण है कि मेरा इच्छा है, कि यदि तुम जैसा बोलता था कि 'मैं लेखक बनूँगा'- यदि लेखक बना तो मृणालिनी देवी के बारे में जरूर लिखना- उनका जीवन-चरित्र से समाज का भला होगा।

श्यामचरण कुंडू"

बस यही थी हमारे कुंडू बाबू की अंतिम इच्छा। मैं इसको क्या कहूँ- नियति का खेल। पहला कारण तो मेरे लिए एक रहस्य था,

जबकि दूसरा कारण तो अभी-अभी पूरा हुआ। मेरे पैर में मोच लगनी- फिर फर्श पर 'एक टुकड़ा धूप का' देखकर मृणालिनी देवी के बारे में यादों का घुमड़ना- फिर चोट लगने और जो समय मिला उसके कारण, उनके बारे में लिखना और दो सप्ताह पहले ही लेखन को प्रकाशन के लिए देना- यह सब कैसा संयोग है!

सुकुमार को जब यह बताया तब उसके आँखों में आँसू आ गए। मैंने उसे प्रकाशित होने पर पुस्तक भेजने का वादा किया। जाने से पहले उसने चाय पी और अपने थैले से एक पुराना चित्र निकाला और पूछा कि उसमें मेरा चित्र कौन-सा है? यह फोटो वृंदावन में कदंब के पेड़ के पास खींची थी कुंडू बाबू ने, जिसमें हम सब कलकत्ते के मित्र थे- मैंने फोटो को ध्यान से देखते हुये अपनी फोटो की ओर इशारा किया- उसने फिर पूछा कौन-सा? मैंने कहा- "देखो! जिस पर है- एक टुकड़ा धूप का।"

हरि ॐ तत्सत -- इति श्री -- हरि ॐ तत्सत

बृज मोहन शर्मा

जन्म अप्रैल 1, 1953

जन्मस्थान दिल्ली

Gmail | bms.brijmohan@gmail.com

Twitter | https://twitter.com/bms4brijmohan?s=03

Instagram | instagram.com/bms.brijmohan

Facebook | https://www.facebook.com/brijmohan.sharma.9400

कुछ लेखक के बारे में

बृज मोहन शर्मा, अपने स्कूल के दिनों से कहानियाँ, कविता और प्रहसन लिखते रहे हैं। उन्होंने कहानी और कविता के साथ-साथ में व्यापार दर्शन और प्रबंधन पर किताबें लिखी हैं। वह एक वाणिज्य स्नातक और इंस्टीट्यूट ऑफ कॉस्ट एंड मैनेजमेंट अकाउंटेंट के फेलो मेम्बर और इंस्टीट्यूट ऑफ कंपनी सेकरेट्रीस के संस्थानों के फेलो मेम्बर हैं। उन्होंने परियोजना और प्रबंधन प्रशासन में बड़ी कंपनियों में काम किया है। आजकल, वह कई कहानियाँ और गीताजी पर लिख रहे हैं जो प्रकाशन के अधीन हैं।

एक टुकड़ा धूप का

बृज मोहन शर्मा

सुझाव और अनुभूतियों के लिए
आप लेखक को निम्नलिखित पते पर
सम्पर्क कर सकते हैं -
bms.brijmohan@gmail.com

Your Experiences

www.ingramcontent.com/pod-product-compliance
Lightning Source LLC
LaVergne TN
LVHW100555051026
849519LV00003B/966
* 9 7 8 9 3 8 8 3 0 4 8 0 1 *